光文社文庫

長編時代小説

うらぶれ侍

研ぎ師人情始末㈣

決定版

稲葉　稔

光　文　社

※本書は、二〇〇七年四月に光文社文庫より刊行した作品を、文字を大きくしたうえでさらに著者が加筆修正したものです。

目次

江戸川
早稲田村
音羽
護国寺
至板橋宿
江戸川橋
大塚
巣鴨
赤城明神
御納戸町
石切橋
神楽坂
若宮八幡宮
切支丹坂
御薬園
日光御成街道
中山道
小日向馬場
牛込御門
番町
傳通院
小石川
神明宮
田安御門
白山
駒込
小石川御門
水戸徳川家
春日町
水道橋
千駄木
神田川
本郷
根津権現
道灌山
霊雲寺
池之端七間町
福成寺
池之端仲町
根津門前町
根津宮永町
日暮里
神田明神
不忍池
湯島天神
湯島切通町
昌平橋
弁天
仁王門前町
筋違御門
明神下
上野元黒門町
下谷広小路
東叡山寛永寺
根岸
谷中
内神田
外神田
和泉橋
佐久間河岸
神田佐久間町
下谷金杉町
御徒町
下谷山崎町
豊島町
新シ橋
柳原土手
左衛門河岸
向柳原
三味線堀
広徳寺
下谷竜泉寺町
通塩町
平右衛門町
元鳥越町
幡随院
横山町
両国広小路
茅町
猿屋町
甚内橋
米沢町
浅草橋
新吉原
阿部川町
両国橋
柳橋
御蔵前片町代地
新堀川
日本堤
上町
駒留橋
大川
旅籠町
東本願寺
回向院
首尾の松
御米蔵
御蔵前通り
御蔵前
浅草寺
日光道中
小塚原
亀沢町
御竹蔵
御厩河岸之渡し
浅草広小路
奥山
浅草
山谷町
雷門
浅草観音
新鳥越橋
山谷堀
駒形町
駒形堂
浅草
花川戸町
揚場
本所
南割下水
竹町
竹町之渡し
中之郷
吾妻橋
今戸橋
今戸町
白鬚之渡し
源森橋
瓦町
中之郷
源森川
小梅村
三囲稲荷
向島墨堤
長命寺
木母寺
北割下水
大横川
法恩寺橋
中之郷八軒町
寺島村
業平橋
亀戸村
小梅村
押上村
天神橋
十間川
柳島村
亀戸天神

渋谷川
天現寺
今井谷
元赤坂町
四谷御門
伝馬町
平河町
麻布新町
善福寺
六本木
赤坂
氷川明神
四ノ橋
古川町
仙台坂
新網町
飯倉片町
市兵衛町
赤坂御門
麹町
溜池
三ノ橋
二ノ橋
一ノ橋
中之橋
千鳥ヶ淵
芝車町
赤羽橋
三田町
半蔵御門
虎之御門
西之御丸
至品川宿
増上寺
新シ橋
外桜田御門
雉御橋
一橋
和田倉御門
江戸城
南町奉行所
幸橋
北町奉行所
土橋
金杉橋
芝
御門
数寄屋橋
神田橋
汐留橋
呉服橋御門
常盤橋御門
三十間堀
銀座町
金杉川
濱御殿
木挽町
数寄屋町
一石橋
本石町
京橋
西本願寺
本材木町
室町
白魚橋
日本橋
魚河岸
八丁堀
弾正橋
楓川
江戸橋
荒布橋
中之橋
組屋敷
八丁堀
海賊橋
亀島橋
日本橋川
小網町
照降町
葺屋町
新材木町
新和泉町
中之橋
霊岸橋
住吉町
稲荷橋
亀島川
高砂町
竈河岸
新高町
難波町
一ノ橋
新川
箱崎橋
鉄炮洲
高橋
北新堀町
行徳河岸
二ノ橋
船番所
箱崎町
浜町堀
佃島
霊岸島
霊岸島
銀町
箱崎川
石川島
大川端
永久橋
熊井町
永代橋
万年橋
新大橋
佐賀町
今川町
上之橋
六間堀
大島町
黒江町
緑橋
万年町
海辺大工町
江戸湊
油堀
材木町
富岡橋
弥勒寺橋
永代寺
仙台堀
海辺橋
高橋
北森下町
越中島
蓬莱橋
富岡八幡宮
深川元町
三十三間堂
亀久橋
霊巌寺
小名木川
雲光院
深川
洲崎
新高橋
扇橋
猿江橋
西
北
東
南
0
1km
御材木
猿江町

「うらぶれ侍　研ぎ師人情始末（四）」おもな登場人物

荒金菊之助……………日本橋高砂町の源助店に住む研ぎ師。父親は八王子千人同心だった。

横山秀蔵……………南町奉行所臨時廻り同心。菊之助の従兄弟。

五郎七……………横山秀蔵の配下。

甚太郎……………横山秀蔵の配下。

次郎……………菊之助と同じ長屋に住む箒売り。瀬戸物屋「備前屋」の次男。最近、横山秀蔵の探索を手伝うようになる。

志津……………菊之助と同じ長屋に住む女。子供たちに手習いを指導しているが、このところ菊之助との距離が近くなった。

富蔵……………菊之助と同じ源助店に住んでいる乾物問屋「橘屋」の手代。

おきん……………富蔵の女房。

幸吉……………富蔵とおきんの一人息子。

久松寿三郎……………千石取りの大身旗本。書院番を外されたため、無役で小普請組に。

うらぶれ侍——〈研ぎ師人情始末〉㈣

第一章　神隠し

一

久松町《ひさまつちょう》で買い求めた豆腐を手桶《ておけ》に入れたお志津《しづ》は、高砂橋《たかさごばし》まで来て足を止め、空を渡って行く雁《かり》の群れを見あげ、細くしなやかな指で鬢《びん》の後《おく》れ毛を後ろに流して、ほっと小さな吐息をついた。

深まった秋の空は高く、風も日ごとに冷たさを増している。町の者たちも木綿《もめん》の袷《あわせ》を着ており、少し着ぶくれて見える。寒さが厳しくなると、羽織を重ねたり褞袍《どてら》を羽織ったりするが、まだそれまでは日がありそうだ。

お志津は視線を落とし、手桶のなかの白い豆腐を見て、その桶の中に自分の顔が映っていることに気づき、少し首をかしげた。

「あら、しわが一本増えたかしら……」

気になるしわを伸ばそうと、指で目尻の皮膚をつり上げ、

「……年には勝てないのね」

と独《ひと》りごちて、橋の下を流れる浜町堀《はまちょうぼり》を眺めた。

その水面《みなも》にも自分の顔が映っていたが、どこからともなく舞い落ちてきた枯れ葉に蓋《ふた》をされた。お志津はもう一度吐息をつき、肩をすくめた。

高砂町の源助店《げんすけだな》にある自宅に帰ると、居間の片づけにかかった。さっきまで手習いに使っていたので墨や筆や半紙が散らかっている。子供たちには読み書きだけでなく片づけや掃除なども教えているが、なかなか徹底しない。

知らないうちに縁側の障子が破れているのに気づき、上がり口が泥で汚れているのにも気づいた。

「やれやれだわ」

声を漏らすお志津は、それでも自宅を手習い所にしているのだから、この程度は仕方ないとあきらめ半分だが、破れて風にかさかさ音を立てる障子を見て、いらぬ仕事が増えたと思わずにはいられない。

台所に行き、買ってきた木綿豆腐を底の深い丼に入れたときだった。

「きゃ、きゃーきゃあー！」

神経を逆撫《さかな》ですような悲鳴が聞こえた。

豆腐を移し替えたお志津は、手を拭《ふ》いて耳をすました。すると今度は、

「ひ、ひっ、ひっ……」

と、引きつれたような声と同時に、バタバタと慌《あわ》てた足音がしたと思うや、その声の主が戸口の引き戸にしがみつくように現れた。髪を振り乱し、顔面蒼白《そうはく》である。

「どうしたの、おきんさん？」

おきんは二軒隣の女房で、亭主の富蔵《とみぞう》は新材木町《しんざいもくちょう》にある乾物《かんぶつ》問屋の手代《てだい》だった。戸口で今にも卒倒《そっとう》しそうな顔をしているおきんは、金魚のように口をぱくぱく動かし、

「し、死体が、うちに死体があるんです」

そういうなり、ずるずると戸口にへたり込んでしまった。

「死体って……どういうこと？」

慌てて近づいたお志津はおきんの両肩に手をあてた。

「か、帰ったら死んでいる人が……女の人が……」

「家に死人がいるってこと？」

おきんは紙のように白くなった顔で、うんうんとうなずいた。

ともかく、お志津はおきんの家に行ってみた。死体など見たくないが、ここはたしかめておかなければならない。

開け放された戸口から、おそるおそる屋内を見て、目を瞠《みは》り、思わず片手で口を塞《ふさ》いだ。

死んでいるのは女だ。

片足を立てた恰好《かっこう》で着物の裾《すそ》を乱し、腰を半分ねじ曲げるようにして横たわっている。大きく見開かれた両目は虚空《こくう》を見つめつづけており、喉に紐《ひも》が巻きつけてある。その紐には、外《はず》そうという意志を感じさせる指がかかっていた。縁側から射し込む日がその女の片頰にあたっている。

「だ、誰？　誰なの？」

しばらく息を吞んで、凍りついた顔をしていたお志津はおきんを振り返った。

おきんは恐怖の張りついた顔で、声を震わせた。

「お、道《みち》さんですよぅ。や、八百屋のお道さんですよぅ……」

「えっ、お道さん……」

お志津は慌てて顔を戻した。框《かまち》には大根と葱《ねぎ》の入った籠《かご》があった。

「どうしてこんなことに？」

お志津の問いかけに、おきんはぶるぶると顔を横に振って、

「わかりません。どうしてか、わかりません。帰ってきたらお道さんが、死んでいたんですから……」

お志津はあまりの衝撃に、しばらく呆然《ぼうぜん》となっていたが、

「ともかく番屋に届けなけりゃいけないわ」

「どうして、どうしてこんなことになっているの？」

「おきんさん、ともかく番屋に」

「わたしが、行くんですか？」

お志津は蒼白《そうはく》なおきんの顔を見て、

「それじゃ、わたしが行ってきます」

「あ、でもやっぱりわたしが、死人とここにいるのは……」

「それじゃ、いっしょに行きましょう」

二

同じ長屋の北側に、あまり日当たりのよくない寂《さび》れた棟割《むねわ》り長屋があった。真ん中を走るどぶ板の一部は踏み割られ、水桶《みずおけ》が転がっている。猫がのっそりした足取りで、一軒の家の戸口で立ち止まり、視線を家のなかに向けたが、興味なさそうに歩き去った。

その家には、古い長屋には似つかわしくない立派な看板が掛けられていた。「御研ぎ物」と流麗《りゅうれい》な大きな字が走っている。その脇には「御槍　薙刀《なぎなた》　御腰の物御免蒙《こうむ》る」と書かれていた。

この家の主《あるじ》・荒金菊之助《あらがねきくのすけ》は、研《と》ぎ終わったばかりの包丁を光にかざし、親指の腹を刃にあて、研ぎ具合をたしかめていた。

「……こんなものだろう」

納得した菊之助は包丁をきれいな晒《さらし》に巻き、それを半挿《はんぞう》の横に置いた。座っている蒲《がま》の敷物のまわりには、水盥《みずだらい》や砥石が乱雑に置かれ、注文を受けた包丁が束ねてあった。

今日はこの辺にしておこうと思った菊之助は、色があせ、研ぎ汁で汚れた前掛けを外して丁寧にたたみ、凝《こ》った肩を軽くたたいた。

長屋の路地に慌ただしい足音がし、「殺し」だとか「死体」だとかいう声が聞こえたのは、菊之助が腰をあげたときだった。土間におり、草履《ぞうり》を突っかけると、

「き、菊さん、大変大変、大変よ」

おつねの顔が目の前に現れた。大工熊吉《くまきち》の女房で、長屋一の噂好きな女だ。

「大変って何がだい？」

「この長屋で、南側筋のお志津さんの隣のその隣に……」

おつねはそこで、首を動かしてつばを呑み込んだ。

「慌てずにゆっくりしゃべってくれるか」

「こ、これが慌てずにいられましょうか。その隣におきんさんという若いおかみさんがいるでしょ。ほら、亭主が乾物屋の手代で、ちょっと色男のそのおかみさんよ。その家に死人が出たのよ。もう、向こうじゃ大変な騒ぎよ」

一気にまくし立てたおつねに、菊之助は目を細めた。

「死人が出たって、まさかおきんさんが……」

「そうじゃないのよ。死んでいたのは、隣町の八百屋の娘よ。お道ちゃんってい

う可愛い子知らない？」

「なに、あの娘が……いったいどうして……？」

そういうなり菊之助は、おつねを脇に押しやるようにして家を出た。

「菊さん、あれはただ死んだんじゃないわよ、殺されたのよ」

菊之助は後ろからついてくるおつねを振り返った。

「殺された？」

「そうよ、きっとそうよ」

足を急がせておきんの家に行ってみると、すでに野次馬がたかっていた。戸口に首を突っ込み、おそるおそるといった体《てい》でのぞき込んでは、口々に勝手なことをしゃべっている。

菊之助も野次馬のひとりになっておきんの家に近づいたが、

「菊さん」

という声に振り向いた。声ですぐお志津と知れたからだ。

「おきんさんが最初に、わたしに知らせてくれたんです」

「殺されているって、本当ですか？」

お志津は緊張の面持《おもも》ちだった。

「たぶん、そうですわ。紐が首に巻きついているんですもの」

「番屋には……」

「もう伝えてあります。間もなく町方《まちかた》の旦那方が見えるはずです」

ともかく詳しいことはわからないが、菊之助はおきんの家をのぞき込んだ。

なるほど、框を上がったすぐのところにお道が横たわっている。血の気の引いた顔がわずかに横を向き、口は開いたままだ。首筋に紫色の紐跡がついていた。

そのそばに番屋詰めの町役《ちようやく》がおり、死人の着衣を整えていた。

「どけ、どけ。ほら、邪魔だ」

野次馬の後ろのほうで声がした。

見ると、南町奉行所定町廻《じようまちまわ》り同心の日向金四郎《ひなたきんしろう》だった。その後ろからひとりの小者《こもの》がついてきた。

「あ、これは荒金さん……」

菊之助に気づいた金四郎が顔を向けた。まだ若い男で、同心になり立ての新米だ。

「絞め殺されたようだ。ともかく検《あらた》めるのが先だな」

「ごもっとも……」

金四郎は巻き羽織の袖をさっと振り払って、家のなかに入った。小者がそれにつづき、死体と向き合った。

「紐でやられたか……」

金四郎は凶器となった殺しの証拠をはずし、お道の目を手のひらで閉じた。そのあとで「この家のものは？」と、野次馬たちに視線をめぐらした。

「わ、わたしです……」

おきんがおそるおそる前に進み出た。

「いつ気づいた？」

「小半刻《こはんとき》（三十分）ほど前です。酒屋に行って帰ってきたら、お道さんがこうなっていたんです。最初はうちに遊びに来て昼寝しているのかと思ったんですが、顔をのぞき込んで、びっくりして……」

「留守にしている間に、このお道って女が遊びに来たってわけだな。家に他のものはいなかったのか？」

そう聞かれたおきんの口から「あっ」と小さな声が漏れ、

「幸吉《こうきち》、幸吉……」

おきんは慌ててまわりを見、それから表に出てゆき、幸吉と呼びつづけた。幸吉とはおきんのひとり息子である。

金四郎は幸吉のことを近くのものに聞き、それから野次馬に厳しい目を向けたが、町方の同心としての威厳や貫禄に欠けていた。

それでも金四郎は自分の役目を果たすために、

「下手人を見たものはいないか」

野次馬たちは互いの顔を見て、首を横に振った。

「それじゃ、怪しげな男か女を見たものは？」

これにも野次馬たちは同じ反応を示しただけだった。

「幸吉、幸吉」と叫ぶような声をあげて近所を走り回っていたおきんは、肩で息をしながら戻ってくると、さっきとは違う必死の目をみんなに向けた。

「幸吉がいないわ。幸吉を誰か見た人はいませんか」

長屋や近所の者たちは、さあと首をかしげたり、

「今朝、井戸端で会ったけどねえ」

「昼前にそこの路地で遊んでるのを見たよ」

などと、そんな話しか出ない。

「幸吉がいないんです。どこにもいないんですよ」

不安の色を隠しきれないおきんは、近くにいる者に訴えるようにいった。

ともかく殺されたと思われるお道のことは町方にまかせ、長屋のものは幸吉捜しを手伝うことになった。

三

幸吉はどこにもいなかった。

すでに日は沈み、町屋《まちや》では行灯《あんどん》や提灯《ちょうちん》に火が入っている。長屋のものも昼間の騒ぎを忘れたように、自分たちの家に引き取っていた。

すでに五つ半（午後九時）近い。

幸吉のことが気が気でないおきんは、子捜しを後まわしにされ、町方の役人の訊問《じんもん》を受け、殺されたお道との関係をしつこく聞かれていた。

亭主の富蔵も同じで、

「まるで、わたしが下手人みたいに……」

よほど町方の訊問がひどかったらしく、握った拳《こぶし》をふるわせた。

「わたしも下手人のように疑われて……それに、お道さんのおとっつぁんにもひどいことを……わたしが何をしたっていうのよ」

おきんは嗚咽《おえつ》を漏らしたが、すぐに涙に濡れた顔をあげ、

「でも、幸吉はどこに行ったんでしょう」

おきんにすがるような目を向けられた菊之助は、うなるようにため息をつき、隣に座っているお志津を見た。お志津も困り果てた顔をしたが、弱り切っているのは目の前のおきんと富蔵夫婦である。

菊之助とお志津は幸吉捜しをしたあとで、おきんの家に来ていたのだった。

「ともかくお道殺しの件では、二人の疑いは晴れたのだから、幸吉がどこに行ったかだ。何度も同じことを聞くが、幸吉が行くようなところに心当たりはないのか？」

菊之助はおきんと富蔵に目を向けるが、弱々しく首を振るばかりである。

「おまえがちゃんと見ていないからだ」

「そんなこといわれたって、幸吉はいつもおとなしく家で待っている子だから、まさかこんなことになるなんて」

「どうしていっしょに買い物に行かなかったんだ」

「どうしてって……どうしてわたしを責めるのよ。ちょっと近所に酒を買いに

行ったただけなのよ。帰ってきたらお道さんが殺されていて、そして幸吉が……」

おきんはしくしく泣きだした。

「まあまあ、二人とも落ち着いて」

菊之助は夫婦のいい合いに割って入った。

「ここで喧嘩してもしようがないだろ。ともかく明日も幸吉捜しをしようではないか。今夜は様子を見よう。ひょっこり帰ってくるということもある」

単なる気休めでしかないとわかっていたが、菊之助には他に慰めの言葉が見つからなかった。

それからしばらくしてお志津とともに、おきんの家を出た。

夜空には数え切れないほどの星が散らばっていた。

「ほんとに幸吉ちゃん、どうしたのかしら……」

お志津が夜空を見あげながらつぶやいた。その瞳に、星のきらめきがあった。

「どうしたんだろう……まったく」

幸吉はときどきではあるが、ひょっこり菊之助の家に現れることがあった。決まって戸口の腰高障子《こしだかしょうじ》につかまり、包丁を研ぐ菊之助の作業を不思議そうに見ていた。声をかけると、はにかんだように笑う。その無邪気な笑顔を見るたびに、菊之助は心を和《なご》ませていた。

「お茶でも飲んでいかれませんか？」

ぼんやり星空を眺めていると、お志津が声をかけてきた。夜も遅いので断るのが礼儀だろうが、相手がお志津では遠慮したくてもできない。

「お邪魔でなければ」

遠慮がちにいうと、それじゃどうぞとお志津は誘ってくれる。

お志津の家は菊之助の家と違い、二間つづきで縁側もある。台所も三和土《たたき》も広い。

手習いの師匠らしく、部屋には素読本《そどくほん》が重ねられ、手本の書が壁に貼ってあった。書見台《しょけんだい》には難しそうな本もある。

茶を淹《い》れたお志津は菊之助に湯呑みを差し出し、自分は裁縫道具を壁際に寄せて、そこに座った。

「幸吉ちゃんが養子だというのはご存じでしたか？」

「……養子」

菊之助は湯呑みから顔をあげてお志津を見た。

「ここだけの話ですけれど、富蔵さんとおきんさんは、なかなか子ができなくて養子として引き取ったと聞いたんです。長屋の人は誰も知らないようですが、おきんさんがこっそりわたしに教えてくれまして……」

「……そうだったのか」

「富蔵さんもそのことを気にして、幸吉ちゃんをもらい受けた半年後にこの長屋に越してきたそうなんです」

「どこからもらってきたんです？」

「さあ、そこまでは聞いておりません」

菊之助はひょっとすると、生みの親がこっそり連れ戻したのではないかと思ったが、そのことは口にしなかった。

「幸吉ちゃん、どこにいるのかしら……」

お志津は遠い目をしてつぶやいた。

「わたしがそう思うぐらいですから、おきんさんや富蔵さんはたまらないでしょうね」

「幸吉を捜しだすのが一番だろうが、それにしても、お道はなぜあんなことになってしまったんだろう。しかも、他人の家で絞め殺されるとは……」

「他人の恨みを買うような人だったとは思えないし、おきんさんとも仲がよかったのをわたしもよく知っています。愛想《あいそ》のいい人だったのに、あんなことになるなんて……」

「いずれにしろ、下手人は町方が捜してくれるでしょう。こっちはまず幸吉を捜すことです」

「そうですね」

そういったお志津は、静かに菊之助を見た。

まともに目を合わせた菊之助は、内心どきりとした。ひそかに思いを寄せているので、こんなときには狼狽《うろた》えてしまう。

「……いかがされました？」

お志津は口許《くちもと》にやさしげな笑みを作り、やおら言葉を続ける。

「でも、こんなときこの長屋で頼れるのは菊さんですわ。どうかあの二人のために力になってあげてください」

「そりゃもちろん。もっとも、どこまでやれるかわかりませんが……」

「わたしもできる限りのことはいたします。菊さん、お願いね」

お志津の目はいつになく熱を帯びていた。単に行灯の明かりがあたっていたせいかもしれないが、それでも菊之助は妙な息苦しさを覚えた。

外の空気は一段と冷えていたが、お志津の家を出た菊之助はその冷気を心地《ここち》よく感じた。同時に我知らず頰がゆるみ、お志津がさっき見せた顔を思いだした。

「菊さん、お願いね、か……」

そうつぶやくと、ますます菊之助の相好《そうごう》が崩れた。しかし、富蔵とおきんの家の明かりを見て、その表情はすぐに引き締まった。

「何とかせねば……」

四

「菊さん、何だかすごいことになってるじゃありませんか。殺しに神隠しですって」

その朝、挨拶も抜きに素《す》っ頓狂《とんきょう》な声をあげて現れたのは次郎《じろう》だった。

出かける支度をしていた菊之助は、キュッと帯を締めあげて、

「どこで聞いた？」

「昨夜《ゆうべ》は実家にいたんで何も知らなかったんですが、さっき戻ってきたら長屋中でそんな噂をしてるじゃないですか。いったいどうなってんです？」

「どうもこうも、何もわかっておらん。風が冷たいからそこを閉めろ」

菊之助はあぐらをかいて座り、淹れたばかりの茶に口をつけた。次郎は箒《ほうき》を売り歩いているが、本所尾上町《ほんじょおのえちょう》の瀬戸物屋の次男坊である。

同じ長屋に住んでいるのは、家業を継げないこともあるが、地味な家の仕事が嫌いな男だった。それに最近は、菊之助同様に町方の手先めいたことをやっており、そっちの仕事を気に入っている節がある。

「大まかなことはあのおしゃべり婆さんに聞きましたが、じつのところどうなんです？」

戸を閉めた次郎は這《は》うように部屋に上がってきた。

おしゃべり婆さんというのは、長屋一の噂好きで通っているおつねのことだ。

「じつのところもどうもない。おまえが聞いたとおりだろう」

「幸吉がいなくなっちまったらしいじゃないですか。まさか攫《さら》われたんじゃないでしょうね」

「……それはわからん。ともかく幸吉捜しをしなければならん。次郎、おまえにも手伝ってもらうぞ」

「へえ。そりゃもう、菊さんのご命令とあらば何でもやります」

調子のいいことをいう次郎だが、憎めない男だ。

茶を飲みほして表に出た。秋晴れの高い空が広がっていた。だが、おきんの家のそばに行けば、否《いや》が応《おう》でも沈鬱《ちんうつ》になってしまう。もしや幸吉が帰っているのではと期待していたのだが、家の前にいたお志津と顔が合うと、首を力なく横に振られて、ますます気が重くなった。

「ともかく幸吉を捜すことにします」

お志津のそばに行って、そういった。

「次郎さんも手伝ってくださるのね」

「もちのろんです。同じ長屋の不幸を黙って見てるようなおいらじゃありませんから」

「よろしくお願いしますね」

「それで、二人は……」

菊之助は富蔵の家を見て声を低めた。

「富蔵さんも今日は店を休んで幸吉ちゃん捜しをするといってます」

「それじゃ見つかることを祈って、ひと廻りしてきましょう。次郎、行くぞ」

菊之助は次郎を伴って長屋を出たが、ほどないところで横山秀蔵《よこやまひでぞう》にばったり出くわした。

「おまえの長屋でとんだことが起きたらしいな」

先に声をかけてきたのは秀蔵だった。二人は幼なじみであり、従兄弟《いとこ》同士だ。

秀蔵の家は代々町奉行所の同心だが、菊之助の父は郷士《ごうし》の出で、八王子千人同心《はちおうじせんにんどうしん》を務めていたが、亡くなる前に無役《むやく》となっていた。

その結果、菊之助は仕官せずに浪人身分のままで、今の暮らしに落ち着いている。

菊之助の母の弟の息子が秀蔵である。この男、眉目秀麗《びもくしゆうれい》で背も高く、黒羽織をひるがえして歩く姿は颯爽《さつそう》としており、すれ違う町娘も振り返るほどだ。

「そろそろおまえの耳にも入っていると思っていたところだ。見廻りか？」

「聞き込みだ。昨日は金四郎があらかた調べたらしいが、あいつのことだ、どこかに見落としがあるんじゃないかと思ってな」

秀蔵はそういいながら、ちらちらと長屋の路地を見やり、そして次郎に顔を向けた。

「次郎、おまえは何か聞いちゃいないか？」

「いえ、おいらは昨日は実家のほうに戻っておりまして、騒ぎを知ったのはついさっきのことです。それで、下手人に見当はついているんですか？」

秀蔵はそれには応じず、菊之助にちょいとそこへと、顎《あご》をしゃくり、道の端に寄った。

「幸吉という坊主が神隠しにあったのも放っておけねえが、富蔵とおきんの二人について何かよからぬことは聞いていねえか？」

秀蔵は涼しげな目で見てくる。

六尺（約一八二センチ）近い男なので、菊之助は見あげる恰好になる。

「あの二人を疑っているのか？」

「そういうわけじゃねえが、八百屋の娘が他人の家で殺されてりゃ、騒ぎのあった家のものを調べるのは常道だ。どうだ？」

「おれが知っているかぎり、あの二人には疑わしきことは何もない」

菊之助は断言した。

「……そうかい。おまえがそういうんなら、そうだろう。で、どこに行く？」

「幸吉捜しだ。今朝も戻っていないんだ」

秀蔵は菊之助から視線を外し、きれいに剃《そ》った顎をなでながら通りを眺めやった。

炭俵《すみだわら》を積んだ大八車《だいはちぐるま》がゴトゴト音を立ててそばを通り過ぎ、乾物屋の前で野良犬が店のものに追い払われていた。

「……もう少し調べねえと何ともいえねえが、おまえの長屋で起きた殺しだ。今度も手を借りるかもしれない。そのつもりでいろ」

「おまえに指図されなくとも、こっちはその気だ」

菊之助はつっけんどんにいった。秀蔵と話すと、どうしてもそうなってしまう。

「……そうかい、そりゃ頼もしいことだ」

秀蔵はぽんと菊之助の肩をたたき、連れの手先を顎でしゃくった。

菊之助はそのまま行こうとしたが、「待て」とすぐに秀蔵に呼び止められた。

「何かわかったら次郎を走らせろ。おれのほうでもわかったことがあれば、使いを走らせる」

「……承知した」

「しおたれて歩くんじゃねえぞ」

「相変わらず口の悪いやつだ」

「おまえがいつまでもうらぶれてるからだ」

「余計なお世話だ」

菊之助は秀蔵をひとにらみして背を向けた。

「菊さんと横山の旦那は仲がいいんですね」

しばらく行ったところで、次郎が口を開いた。

「そう思うか」

「思いますよ。お互い口は悪いけど、肚《はら》んなかじゃちっともそんなこと思っちゃいない。それぐらいわかりますよ」

「ふん。それにしても、あいつの口ぶりからすると、殺しのほうにだけ頭が行っているようだな。幸吉のこともあるっていうのに……」

菊之助は少し腹を立てていた。町方が殺しに重きを置くのは仕方ないだろうが、幸吉とその親のことを考えると歯がゆさを覚える。

「それで菊さん、どこから捜します？」

高砂橋のそばだった。

「幸吉はまだ五つだ。ひとりで遠くに行ったとは思えないが、この界隈《かいわい》はお志津さんや長屋のものが手分けして捜してくれるはずだ。おれたちは少し足を延ばそう」

「へえ」

「ふらついているうちに道に迷い、親切なものが預かってくれているかもしれない」

「そうだといいんですが……」

「幸吉の顔はわかるな？」

「もちろん」

「それじゃ、分かれて捜すことにしよう」

二人は緑《みどり》橋のたもとで別れた。菊之助が通油町《とおりあぶらちょう》から大伝馬町《おおてんまちょう》方面に行けば、次郎は両国《りょうごく》のほうに向かっていった。

五

神田川《かんだがわ》は大きく傾いた太陽の光に染められていた。柳原《やなぎわら》土手に腰をおろして煙草《たばこ》を喫《の》んでいた又兵衛《またべえ》は、そんな川面をぼんやり眺めていた。

この時期の太陽は傾いたと思ったら、あっけなく沈んでしまう。そう思っているうちにあたりは黄昏《たそが》れてきた。

そばの船着き場には自分の舟がつけられているが、客はもう来ないだろう。月見の時期も過ぎており、これから舟で風流を楽しむものも少ない。

「今日も終わりだな」

独《ひと》り言《ごと》をいって煙管《キセル》を吸うと、雁首《がんくび》に新たな火が生まれた。あたりが薄暗くなっているので、火明かりが鮮やかに見えた。だが、火はすぐに黒い色に変わり、灰になった。

又兵衛は煙管を左手の平に打ちつけて、丸くなった灰を転がし、ふっと吹き飛ばした。

「ごめんよ」

声をかけられ振り返ると、自分と同じように紺の股引《ももひ》きに小袖《こそで》の尻をからげている男がいた。小生意気《こなまいき》そうな顔に、笑みを浮かべていた。客かもしれない。

「舟でござんすか？」

「いや、そうじゃねえんだ。あんた船頭だろう」

「へえ」

へりくだって頭を下げたが、生意気なやつだと腹の内で毒づいた。

「するとそこの船宿だな」

「丸茂《まるしげ》ですが……なにか？」

「じつは子供を捜してるんだけどね。まだ四つか五つぐらいの男の子なんだ。色が白くてぽっちゃりとした顔で、団栗《どんぐり》のように目がくりくりって可愛いんだ」

「その子がどうかしましたか？」

「昨日の昼過ぎからいなくなっちまってねえ」

「ひょっとして兄さんの……」

男はいやいやと鼻の前で手を振った。

「高砂町の裏店《うらだな》で昨日殺しがあったんだ」

「ヘッ、殺し……」

又兵衛は目を丸くした。

「そうさ。その顔だとまだ耳に入っちゃいねえな。ま、それはともかく、殺しのあった家の子が神隠しにあったみてえにいなくなってねえ。それでほうぼう捜しまわっているんだけど、船頭さん、そんな子を見かけなかったかい……」

男は生意気そうな目で、人の肚を探るように見てくる。話の筋からすると、町方の手先だろう。とても岡っ引きの親分には見えないから、たぶんそうだ。

「子供ねえ、さあひとりでぶらついている子を見かけたような気もするけど、このごろじゃ物乞《ものご》いして歩くガキもめずらしくないから……」

「そんなに身なりは悪くないんだ」

「そういわれてもねえ。顔を知ってりゃ、どうにかなるんでしょうが……」

「幸吉っていうんだ。父親は新材木町の乾物問屋の手代なんだが……ま、いいや。もし、そんな子を見かけたら、近くの番屋にでも知らせてくれねえか」

男はそういって離れて行こうとしたが、

「もし、兄さん」

と、声をかけると、すぐに振り返った。

「殺しといったけど、いったいどういう殺しです？」

「八百屋の娘が他人の家で首を絞められてお陀仏《だぶつ》だ。下手人はまだあがっちゃいないようだが、その家の子がいなくなっちまったんだよ」

「そりゃ、どうしたことなんでしょうね。その下手人が子供を連れて行ったんじゃないですか……」

「町方の旦那衆もそう考えているんだけどねえ。ま、気に留めておいてくれよ」

若い男はその辺を流すようにぶらついて歩き去った。

又兵衛はその背中に一瞥《いちべつ》をくれてから顔を戻した。もう目の前の川には闇が落ちはじめており、向こう岸の町屋に行灯の火が浮き立っていた。

神田佐久間町《さくまちょう》の裏店に帰ると、お民《たみ》が二つになったお花《はな》に乳をやっているところだった。ぽろっと着物の襟からこぼした乳に、お花はちゅうちゅう音を立てて吸いついていた。

「早かったのね」

お民はお花をあやしながら疲れ気味の顔を向けてきた。

「このごろ暇でな。商売あがったりだ」

後ろ手で腰高障子を閉め、框に腰をおろして雑巾《ぞうきん》で足の裏をぬぐった。

「商売あがったりばかりだね。愚痴ばかりいっても金にはならないんだから、いっそのこと職を替えたらどうなの」

「へん、そんな簡単にいい仕事があるもんか……」

狭い部屋にあがり込んであぐらをかいた又兵衛は、どぶろくの入った徳利《とっくり》を引き寄せ、縁の欠けた湯呑みに注いで口をつけ、お民の乳を独り占めしている娘を眺めた。

幼子《おさなご》でも手を焼いているのに、これから大きくなるともっと金がかかりそうだ。先のことを考えると、さざ波のような不安が押し寄せてくる。

金がいる。金が……。

暇さえあれば、いつもそのことを考えるが、何もいい知恵は浮かばない。こんな暮らしを一生つづけなければならないと思うと、滅入《めい》るばかりだ。

「いつになったら働けるんだ？」

「いつって、お花の手がかからなくなったらよ」

「だから、それはいつだ？」

「さあ、あと二、三年ぐらいかしら。ああ、よしよし、もう眠いかい。だったらおねんねしな。お父ちゃんが帰ってきたら挨拶ぐらいしたかったのにねえ」

お民はお花をあやしながら、そっとそばの布団に寝かしつけた。子供はいい気なもので、横になると、あっという間に寝息を立てはじめた。

そんな子供の寝顔を見ながら、又兵衛はあと三年はこの暮らしがつづくのかと思う。

「何もわからねえ子供が一番幸せなんだろうな」

「何いってるのさ。煮しめ作っておいたから出してあげるよ。ちょいと、お待ち」

お民はこぼれていた豊かな乳房を襟《えり》のなかに押し込むと、台所に向き直って鍋のなかに箸を入れた。狭い家なので、ちょいと手を伸ばせばたいがいのものには手が届く。貧乏長屋の便利さを、自嘲《じちょう》混《ま》じりに自慢できるのはそれぐらいだ。

又兵衛は、お民の出してくれた煮しめを肴《さかな》に舐めるように酒を飲んだ。いっしょになって四年近いので、話題も乏《とぼ》しくなっている。お民が話を振ってくれば、又兵衛はそれに「うん」とか「そうか」と、簡単に応じるだけだ。

「お花から手が離れたら、働いてくれるんだろうな」

「あんたの稼ぎだけじゃやってけないでしょ。楽な暮らしをしたいと思えば、働くっきゃないじゃない」

又兵衛は少し胸をなで下ろす思いだった。

「お花だって年頃になれば、奉公に出すしかないだろうし……。貧乏から足を洗いたいと思っても、誰もがそんなことを思っているんだよね。いい暮らしがしたい、したいと思っているうちに、みんな何もできずに死んでしまうんだね」

「それが浮き世の定めだろう」

「長い浮き世に短い命ってやつよねえ。そう考えると、人の一生なんて切ないものなんだねえ」

「今日のおまえは妙なことをいいやがる」

又兵衛は酒をあおって、手の甲で口をぬぐった。

「飯はどうするの？」

「あとでいい」

「そう、何か話すことないの。たまにはおもしろい話でも聞かしてよ」

「しけた話ばかりだ。みんな口を開きゃ、同じことしかいわねえもの」

「つまらないねえ」

お民はジジッと鳴った行灯の芯を見て、魚油《ぎょゆ》を足した。

長屋はいつになく静かだった。

いつもなら、隣でお決まりの夫婦喧嘩がはじまったり、向かいの家の子が母親にこっぴどく叱られる声がするが、今夜にかぎって何もない。

「そういやあ……」

又兵衛は、つぎの言葉を酒といっしょに呑み込んだ。

お民が「何？」という顔を向けてきた。

「夕暮れに神田川の土手で暇をつぶしていると、小生意気そうな男が話しかけてきてな。話しぶりからすると、町方の手先だろうが、子供を捜していたんだ」

「子供を？」

「それで、おれに知らないかとぬかしやがる。顔も知らない子供のことなんざわかるわけねえよな」

「それで……」

「それでって、四つか五つになる……たしか、幸吉っていったかな。その幸吉の家で八百屋の娘が首を絞められて殺されたらしいんだ」

「おっかないね。で、下手人は？」

「それはまだらしいが、あの若いのは神隠しにあったみたいに消えた子供を捜していたんだ。父親は乾物問屋の手代らしい」

「そりゃ災難だわね。でも、どうして人の家で絞め殺されるなんてことが……もしや、その手代が殺したんじゃないの」

「そこまでは聞かなかったな。まあ、何かあったら教えてやるつもりだ。それで褒美《ほうび》でももらえりゃめっけもんだからな」

「だったらわたしも気をつけておくわ。それで、その幸吉って子はどこの町の子なの？」

「高砂町といってたかな」

「高砂町ね。それで父親はどこの店《たな》だって？」

又兵衛は夕暮れのことに思いを戻して、しばし考えた。

「……新材木町の乾物問屋っていっていたな」

お民は口のなかで飴《あめ》を転がすように、又兵衛のいったことを復唱して覚え込む顔になった。だが、すぐに目を輝かして、

「あんた、新材木町の乾物問屋と、高砂町って……ひょっとして……」

「なんだい？」

又兵衛は真顔になったお民を見返した。

「ひょっとして、その幸吉って、あの子じゃ……あの子だったら四つか五つになるころよ」

そういわれて、又兵衛も思いあたるものがあり、顔を強《こわ》ばらせた。

「まさか、そんなこと……」

「でも、もしそうだったらどうする？」

「どうするって……どうしようもないだろう」

「わたしらが預けた子は、たしか新材木町の乾物問屋に勤める奉公人がもらっていったんじゃなかった？」

「………」

又兵衛は酒の入ったぐい呑みを口の前で止めていた。

「それで、その家をそっと見に行ったけど、会えなかったじゃない。ねえ、あんた、思いだせないの……あの親の名は何といったかしら……」

又兵衛はしばらく地蔵のように固まって、遠い過去に思いを馳《は》せていた。そして、ようやく思いだした。

「あれは富蔵といったはずだ。女房が……おきん……」

「そう、そうよ」

又兵衛とお民は硬い表情になって顔を見合わせた。

腰高障子がかすかに揺れ、ついですきま風が入ってきてお民の乱れた髪を揺らした。

「ひょっとすると、ひょっとするな。明日、ちょいと調べてくるよ」

六

お道が殺され、幸吉がいなくなって二日がたった。

「こりゃあ裏に何かあるぜ」

そういったのは秀蔵である。

菊之助は大福を平らげて茶をすすった。

二人は楓川《もみじがわ》沿いの饅頭《まんじゆう》屋の縁台に座っていた。川沿いの木の枝はすっかり色づき、風に吹かれた落ち葉が川面や通りに散らばっていた。

「下手人はどうなんだ？」

「わからねえ。……これといってお道に殺される理由は見つけられないし、おきんと富蔵がお道を殺したとも考えられない」

「お道を殺したやつが、幸吉を攫《さら》っていったのか……」

菊之助は行李《こうり》をしょった行商人が渡ってくる越中《えつちゆう》橋を見ながらつぶやいた。

「そうかもしれねえが、なぜ下手人がお道を殺し、幸吉を攫っていったかだ？」

「ふむ……」

「殺しの場を幸吉に見られて攫っていったか、それとも幸吉を攫うのが目的だったのか。だが、そうなると、お道を殺す必要などないのだがな……」

「長屋の者たちには？」

菊之助は秀蔵を見た。色白の顔にやわらかな日があたっていた。その肩越しに、鉤鼻《かぎばな》の五郎七《ごろしち》の顔が見えた。秀蔵にいつもついている下っ引きだ。

「長屋には怪しいものはいなかった」

「見慣れない男か女の出入りは……」

「それも調べたが、誰も気づいたものはいない。人の目を盗んであっという間の仕業《しわざ》だったとしか考えられねえ。それも真っ昼間の出来事だ」

「……殺しが狙いだったのか……それとも幸吉が狙いだったのか……」

菊之助は腕を組んで高い空を見あげる。

「ともかく手がかりがないことには、何も手がつけられねえ。手間取るとはこのことだ、菊之助」

呼ばれた菊之助は静かに秀蔵を見返した。

「この前もいったが、手を貸してくれ。おまえの長屋で起きたことでもあるし、若い女と子供が関わっている。それに幸吉だって生きているかどうかわからねえんだ」

「こんなうらぶれたおれの手を借りたいと……」

先日いわれたことを皮肉っていい返した。

「思いもよらず、おまえは頼りになるから頭を下げているのだ」

「思いもよらずは余計だ。それに頭など下げていねえじゃねえか」

秀蔵の白い顔がかすかに上気した。

「こやつ……」

その声を途中で呑み込んで、秀蔵は頭を下げた。

後ろで五郎七が笑っていた。

「わかった。おまえにいわれずとも、今度ばかりは黙っておれぬからな」

さっと秀蔵は顔をあげ、懐に手を入れるなり財布の紐をするすると解《ほど》き、三両を菊之助に握らせた。

「当面の手間賃だ」

「遠慮なく」

菊之助は金を袖のなかにねじ込んだ。

七

「それじゃ、お花。いい子にしてるんだぜ」

お民の抱くお花の小さな手を握ると、お花は嬉しそうに笑った。

「遅くはならないよね」

「ああ、夕方には帰ってくるよ」

お民にそう応じた又兵衛が家を出たのは昼四つ（午前十時）過ぎだった。ゆっくりしていたのは仕事を休んだからである。

まず、足を向けたのは大伝馬塩町《おおてんましおちょう》の裏店だった。

神田堀に架かる地蔵《じぞう》橋を渡ると、左に折れて牢屋敷のほうに向かい、三つ目の木戸口を入っていった。

天気のよい日だったが、裏店の狭い路地には日があたっていない。多くの家の戸は閉まっている。居職《いじょく》の職人の家の戸だけが開け放されていた。

又兵衛は背を丸めるように歩き、両目を左右に動かしていた。

井戸端でひとりの女が大きな尻を突き出して洗濯をしていた。その横を通り過ぎ、先にある六軒長屋に向かい、三つ目の家の前で足を止めた。

腰高障子の右下隅に、住人の名が書かれている。

「左官　文六」――。

昔はそんな名前ではなかった。

又兵衛は眉をひそめ、越したんだなと思った。

どこへ越したか近所で聞こうかと思ったが、あとあと面倒になるのを避けるために、そのまま長屋を抜けて反対の通りに出た。

そこは小伝馬町《こてんまちょう》の牢屋敷の近くで、囚人たちへの届け物を扱う「差し入れ屋」が軒を並べていた。店先には塵紙《ちりがみ》や煙草、手拭い、そして、握り飯や煮しめなどの食い物が置かれている。又兵衛はそんな店には目もくれずに気もそぞろな顔で歩いた。

胸の内にはいいようのない不吉な予感が、黒い雲のように渦巻《うずま》いていた。

つぎに行くのは新材木町の乾物問屋・橘屋という店だ。

「あの子の父親になったのは、たしか橘屋という店の奉公人だったはずよ」

今朝になって、お民がそのことを思いだして口にした。又兵衛もそれによって記憶が蘇《よみがえ》り、その奉公人と女房の顔をぼんやりではあるが思いだしていた。

大通りを二本三本と横切り、東堀留川《ひがしほりどめがわ》まで来た。

日本橋《にほんばし》川からの入堀《いりぼり》になるこの川の両側には蔵が建ち並び、船着き場には大小の舟が係留《けいりゅう》されていた。荷を下ろしている舟があり、人足たちが汗を流している。

東堀留川に沿っている新材木町には大小の問屋が軒をつらねていた。

めざす橘屋は万《よろず》橋のそばにあった。大きな紺暖簾《のれん》が小さく風にそよいでいる。

その隙間《すきま》から店の様子が垣間見えるが、人の顔まで見分けることはできない。

空の大八車《だいはちぐるま》があったので、それに腰かけて待つことにした。

高い空に鳶《とんび》が舞っていた。雲はじっと目を凝らさないとわからないほど、ゆっくり動いている。

店のものや客によって何度か暖簾がかきわけられたが、目的の男の顔はなかった。

富蔵……女房がおきん……。

又兵衛は胸の内で何度かつぶやいた。

「おい、どいてくれねえか」

不意の声で我に返った又兵衛は、大八車を取りに来た人足に気づいて立ちあがった。

それから場所を変えて、同じように店を見張ったが富蔵らしき男を見ることはなかった。すでに昼九つ（正午）は過ぎており、間もなく九つ半（午後一時）になろうとしている。わずかに空腹を覚えたが、それどころではなかった。

それからまた半刻《はんとき》（一時間）待ったが、富蔵を見つけることはできなかった。

ところが、風呂敷包みを手に店から出てきた小僧の姿があった。どこかに使いに行くようだ。又兵衛は小僧のあとを尾《つ》けた。

万橋を渡り、堀江町《ほりえちよう》の通りを右に折れた。

「ちょいと」

又兵衛は声をかけて、愛想《あいそ》笑いを口許に浮かべた。

「わたしですか？」

小僧が幼い顔を向けた。

「おまえさん、橋屋の奉公人だろう」

小僧はきょとんとした顔をしていた。

「店に富蔵という男がいるだろう。その、おれは友達なんだがね、今日は顔を見なかったが休んでいるのかね？」

「手代さんは身内に大変なことがあったので休みをもらっています」

「身内に大変なこと……それは何だい」

「坊ちゃんがいなくなったんです」

又兵衛はこめかみをぴくりと動かした。

「そりゃ、どういうことだ？」

「わたしは詳しく聞いておりませんが、家でよその人が死んでいたあげく、手代さんの坊ちゃんもいなくなったということです」

「よその人が家で……なんということだ」

すでに知っていたことだが、あやしまれないために驚いてやった。

「それじゃ、様子を見に家のほうに行ってみるか。やつの家は高砂町だったな」

「へえ……」

又兵衛は、要領を得ない顔をしている小僧を残して高砂町に向かった。

こりゃ、ますますほんとかもしれねえ。すると、どういうことになるんだ。思い過ごしであればいいが、用心しなければならねえ。

又兵衛は歩きながら、いろんなことを考えていた。高砂町に着いたが、いったいどこの長屋に住んでいるのか見当がつかない。

人に聞くのはよしたほうがいいと思い、手当たり次第に長屋の路地を歩きまわった。

小半刻《こはんとき》（三十分）ほどであらかたの長屋を見てまわったが、富蔵の家に行き着くことはなかった。

又兵衛は、待てよと足を止めて、思案顔《しあん》で路地奥に見える広場を眺めた。

さっきの小僧は富蔵のことを手代といった。すると、それなりの給金をもらっているはずだから、九尺二間《くしゃくにけん》の裏店住まいではないだろう。

「そうか……」

小さく声を漏らした又兵衛は、もう一度あたり直すことにした。

すると、三つ目の長屋の入口で見たような女と出くわした。女はやつれた深刻そうな顔で、ひとりの男と話をしており、又兵衛には気づく素振りもなかった。

通り過ぎてから、又兵衛は女を振り返った。おきんかもしれない。

いや、そうに違いない。男好きのするすっきりした目許に、小さな唇。昔は娘らしい青臭さがあったが、今はそれも抜けてその辺の女房風情だ。

おきんは男とすぐに別れ、そばの路地に消えていった。又兵衛は少し待ってから、おきんを追った。路地に入るとすぐにおきんの後ろ姿が見えた。

「おきんさん」

すぐ先の家の戸が開くなり、年増《としま》の女が声をかけた。おきんが振り返り、ちらりと又兵衛に目を向けたが、その視線はすぐ年増女のほうに行った。

「幸吉ちゃん、まだ見つからないのかい?」

「ええ、あちこち捜してはいるんですが……」

「いったいどうしちまったんだろうね。あたしもあとで捜しに行ってみるよ」

「ご迷惑をおかけいたします」

「気にしない気にしない。大事な自分の子が同じ目にあったと思えば、じっとしていられないじゃないのさ」

「すみません」

おきんは暗い顔で路地奥に進み、少し開けたところを右に折れた。又兵衛は小走りになって追いかけ、おきんの家をたしかめた。

日当たりのいい縁側つきの二間の家だった。

又兵衛は閉まった戸に、じっと目を注ぎ、こりゃいよいよ用心しなけりゃと胸の内でつぶやき、急いで踵《きびす》を返した。

第二章　自白

一

「次郎、今日はこの辺にしておこう」

通塩町《とおりしおちょう》と通油町を渡す緑橋の上で次郎と落ち合うなり、菊之助は浜町堀沿いに足を進めた。すでに日はとっぷり暮れており、冷たくなった風が吹いていた。歩くたびに菊之助の小袖の裾がひるがえり、乱れた髪が風に流された。

「見つかりませんか」

「おれの顔を見れば聞くまでもなかろう」

次郎はふうと小さな吐息をついて、

「菊さん、帰ったらもう幸吉が戻っているかもしれませんよ」

「そうであればいいが……」

「そうですね、でも帰っていねえかなあ」

煮売屋《にうり》の提灯《ちょうちん》が風に揺れていた。

菊之助は幸吉のことを脳裏に思い浮かべた。

長屋を自分の遊び場のように歩きまわり、近所のものに可愛がられていた。あめ玉をやると、けんけんをして喜び、また言葉を覚えたなと褒《ほ》めてやると、もじもじと照れながら嬉しそうに笑った。

父親が帰ってくると「ちゃん、ちゃん！」といって走ってゆき、胸のなかに飛び込んでいた。おきんと手をつないで仲良く買い物に行く姿も思いだされる。

「ともかく、幸吉の家に寄ってみよう」

「そうですね」

二人は間もなく幸吉の家についた。

戸障子に明かりはあるが、家のなかはひっそりしている。もちろん、幸吉のはしゃぐ声も聞こえない。

「富蔵、いるかい？」

菊之助が声をかけると、すぐに返事があり、おきんが戸を開けてくれた。菊之

助は重たい空気が充満している家のなかに目をやり、

「幸吉は帰ってないんだな」

「はい」

おきんがか細い声で応じれば、居間に座っていた富蔵はうなだれた。

「おれたちも方々捜してはみたが、見つけることはできなかった」

「ほんとに申し訳ございません。どうぞ……」

菊之助と次郎はおきんに促されて家のなかに入った。

「長屋の人たちにもあちこち捜してもらったんですが……」

富蔵は苦しそうに首を振った。今にも泣きそうな顔だ。

「あきらめずに捜そうではないか。できる限りのことはするから」

「申し訳ありません。菊さんにそういっていただけるだけでも嬉しいです」

富蔵が頭を下げたとき、おきんが二人分の茶を差し出してくれた。

菊之助は湯呑みを手にしただけで、口はつけなかった。

壁に幸吉の着物が掛けられていた。奥の間には、幸吉の夜具《やぐ》が延べられていた。

それだけで若い夫婦が自分の子供を思う気持ちがつたわってきた。

「……その後、町方からは？」

「なにもありません。町方の役人は幸吉のことより、お道さん殺しの下手人捜しのほうが大事なようで……」

菊之助は唇を嚙むしかなかった。秀蔵もお道殺しの下手人捜しに重きを置いていた。それに、幸吉を拐《かどわ》かしたのもその下手人である、と断定するような物言いであった。

菊之助は口の重い、富蔵とおきんを眺めた。

部屋には行灯が二つ置かれているが、そこはかとなく陰鬱《いんうつ》な空気が漂っている。若い夫婦を見ていて思うことがある。幸吉がよくこの二人に似ていることだ。以前、菊之助は自分がいったことを思いだした。

「目のあたりなど、おきんさんにそっくりではないか。こりゃあ大きくなったら女を泣かせるに違いない」

冗談混じりにいってやると、おきんは恥ずかしそうに顔をうつむけた。

「やはり親子の血は誤魔化《ごまか》せないな。口と鼻のあたりなど富蔵にそっくりだ」

富蔵は苦笑いしているだけだった。

何も知らない幸吉は無邪気な笑顔を見せているだけで、富蔵もおきんも菊之助の言葉を否定しなかった。幸吉がもらい子だったというのは、お志津から聞いてはじめて知ったことだ。

菊之助はそのことを聞くべきかどうか、さっきから迷っていた。だが、よくよく考えてみれば大事なことのように思える。

「つかぬことを訊《たず》ねるが……」

言葉を切ったのはそばに次郎がいるからだが、思い切った。次郎も二人の力になろうと必死に動いているのだ。

何でしょうと富蔵とおきんの顔が向けられていた。

「幸吉のことだが、養子だと耳にしたのだが……」

ここだけの話にしてくれと、口止めをしたお志津から聞いたとはいわなかった。

二人の目が驚いたように見開かれた。

次郎も、えっと声を漏らしたまま口を半開きにした。

「その辺のことを教えてくれないか？　幸吉捜しの糸口がつかめるかもしれない」

富蔵はおきんと顔を見合わせた。

「町方のお役人に聞かれたんですね」

菊之助は曖昧《あいまい》にうなずいた。

「その経緯《いきさつ》を教えてくれないか。あまり知られたくないことだとは思うが、手がかりになるかもしれない。次郎のことは気にするな。こいつは口が堅い。今のことは次郎、他言ならぬぞ」

「へえ、そりゃもう……」

富蔵はしばらくためらっていたが、

「それじゃ申しますが、たしかに幸吉はもらってきた子です。あたしどもにはなかなか子ができませんで、それで深川《ふかがわ》の要津寺《ようしんじ》の世話であの子を引き取ったんでございます」

「要津寺の……」

「うちの店を贔屓《ひいき》にして下すっている慈明《じみょう》和尚が、あたしのことを気にかけてくださいまして、それがご縁で幸吉をもらい受けることになったんです」

「なるほど、それで幸吉の本当の親のことは？」

富蔵とおきんは同時に首を振った。

「それじゃ、寺に預けた親のことは知らないのだな」

「まったく存じません」

「住職はどうだろう？」

菊之助の言葉に、富蔵とおきんはとっさに顔を見合わせた。ようやく菊之助の意図することがわかったようだ。

「おそらくご存じだと思いますが……」

富蔵がおそるおそる答えた。

「住職は今度の件はまだ知らないのだな」

「たぶん……」

「それじゃ明日、要津寺を訪ねてみよう。それはかまわないな」

「どうぞ、おまかせいたします」

腰をあげようとしたとき、「あの」とおきんが呼び止めた。

「幸吉が戻ってきたときのことですが、今の話は内分《ないぶん》にお願いします」

「もちろんだ。いたずらに子供の心を傷つけるような野暮《やぼ》なことはしない」

おきんは、ほっと胸をなで下ろして、頭を下げた。

二

有明《ありあけ》行灯から出るか細い煙が天井に昇っていた。

さっきから何度も寝返りを打っては寝つけないでいる又兵衛は、その煙の行方《ゆくえ》を追っていた。そっと隣を見ると、お花と寝ているお民と目が合った。

「……起きていたのか」

「あんたがいつまでも寝ないからよ」

又兵衛は頭を動かして天井を見つめた。

「なあ、どう思う？」

「どう思うって、気持ち悪いけど、どうしようもないじゃないの」

「……きっと、あの殿様が取り返したんだ」

お民が息を呑むのがわかった。

「取り返したのなら、それで事は終わりじゃないの」

「……そうかな。おれはそう思えないんだ。殿様はともかく用人《ようにん》の草間新之輔《くさましんのすけ》は簡単にあきらめるような男じゃないだろう」

「でも、もうあれから何年よ」

「四年か……ともかく用人の草間が動いたのは間違いない」

「でも、わたしたちのことなど、忘れてるんじゃないかしら……」

「そうだといいが、草間はしつこい男だ」

又兵衛は自分が見つめる天井に草間新之輔の顔が浮かんだ気がした。蛇のように冷たい目、片方がめくれた薄い唇、いかにも冷淡そうに禿《は》げあがった額、そのせいで元結《もとゆ》いがずいぶん後ろにある。

「ここにいたんじゃ危ないかもしれない」

「……危ないって、それじゃどうするのよ」

又兵衛は返事をせず、あのときのことに思いを馳せた。

いい出したのはお民だった――。

旗本《はたもと》・久松寿三郎《ひさまつじゆさぶろう》家の使用人として働いていた又兵衛は、新しく武家奉公に入ってきたお民を初めて見たときから心を騒がせていた。

以来、何かとお民の面倒を見るようになった。お民もそんな又兵衛に少しずつ心を許していった。お民が十五、又兵衛が十八のときだ。

御家人《ごけにん》の娘であるお民と、しがない渡り中間《ちゆうげん》の又兵衛がいっしょになれるはずはなかったのだが、どういうわけかお民は又兵衛に心ばかりでなく、体までも許すようになった。釣り合いの取れる仲ではなかったが、又兵衛が夢中になるようにお民も夢中になっていた。

家人の目を盗んでは布団部屋で睦《むつ》み合い、蔵の裏で逢い引きを重ねた。二人の思いは燃え上がるばかりだった。

だが、お民の家柄に引け目を感じていた又兵衛は、

「おれたちはどんなに好きあってもいっしょになれないんだ。いずれおまえはどこかのお武家に嫁ぐ女だ。それに比べ、おれは一生うだつのあがらない男だ。今夜を限りにしようではないか」

いつものように蔵の裏で逢い引きをしたときのことだった。空には寒そうな三日月が浮かんでおり、木枯らしが鞴《ふいご》のような音を立てていた。

「いや、そんなことはいや」

お民は又兵衛の胸に飛び込んですがりつき、子供のように頭を振った。

それから三日後のことだった。

お民が話があると誘ってきた。殿様が家を空けている晩で、屋敷には用人も他の中間もいなかった。

二人は例によって布団部屋でこっそり会った。そのとき、お民がいったことは今でもはっきり脳裏にこびりついている。

「左兵衛《さへえ》さん」

そう、二人は今の名ではなかった。

又兵衛が左兵衛、お民が峯《みね》だった。

「左兵衛さん、わたしはずっといっしょにいたい。離れるなんてできない。だから左兵衛さん、わたしと逃げて……」

暗い布団部屋であっても、峯の黒々とした瞳は鈍い光を放っていた。

「逃げるって……」

「ここから逃げるのよ。そして二人で添い遂げましょう。わたしは、わたしは左兵衛さんから離れて暮らすなんて、死んでもできない。だから……」

峯がそれほどまで自分のことを思っていたことを知った左兵衛は、心を打たれた。あきらめきれずにいた左兵衛は、そのとき思いを決した。

「それじゃ、おれについてきてくれるか」

じっと峯を見つめると、力強くうなずいてくれた。

「じつは前から考えていたことがあるんだ」

その考えをまとめるのに三日を要した。

頭で練った計画に峯は反対するかと思ったが、

「それなら、もっと懲《こ》らしめてやりましょう」

「どうするというんだ?」

「お坊ちゃんを攫って、金を脅し取るのよ」

　まさかそんなことを峯の口から聞くとは思っていなかったが、

「殿様はたくさんお金を使ってらっしゃるわ。それなのに使用人には雀《すずめ》の涙しか出さない。わたしのような武家奉公の娘には、びた一文くれないし、そのくせ、きつい家の仕事はみな押しつけてくる」

「奉公しているのだから、金をもらえないのは仕方ないだろう」

「ううん。他のお武家様はお小遣いをあげたり、盆暮れには心付《こころづ》けを渡すそうよ。人から聞いたこともあるし、奥様もそんなことをおっしゃっていたわ」

「しかし、坊ちゃんを……」

「いいんじゃない、お金と交換するだけなんだから」

　峯は意志の堅い目で、食い入るように左兵衛を見つめた。

　左兵衛の気持ちが動いた瞬間だった。

　二日後、左兵衛は計画通りに屋敷の手文庫《てぶんこ》から五十両あまりを盗み、ついで峯の手はずにしたがって久松家の嫡男《ちゃくなん》・小太郎を攫った。

　計画は思いどおりにいくはずだった。だが、いざ小太郎と引き替えに金を受け取る場所に行くと、そこには用人・草間新之輔の放った屈強《くっきょう》な男たちが、草むらや木の陰に身をひそめていた。

左兵衛は、取引の場所に行けば自分の命はないと思った。

結果、取引はあきらめた。

だからといって小太郎を久松家に返すこともできなかった。

「仕方ない、おれたちの子として育てようか」

左兵衛はそういったが、峯は強く拒んだ。

「他人の子を育てるなんてできないわ。それよりわたしは、わたしたちの子を育てたい」

「それじゃどうする。捨てるわけにもいかないだろ」

「寺に預けるといいわ。そんな寺があると聞いたことがあるの」

それで預けたのが深川の要津寺だった。

自分たちはとても育てる自信がないから、子供をほしがっている人がいたら五両で譲ってくれと相談したのだ。住職は苦渋《くじゅう》に満ちた顔で説教を垂れたが、それでも仕方なく相談に乗ってくれた。

しばらくして小太郎の引き取り手が現れ、住職に一両の礼をしてすべてを丸く収めていた。

「あんた、何考えているの……」

又兵衛はお民の声で我に返った。

「不安なんだ。あの子がいなくなったというのが……。もし草間の仕業だったら、おれたちのことも捜しまわっているんじゃないかと、生きた心地がしないじゃないか」

「そうだと決めつけるのは早いんじゃないの。四年も前の話じゃないの」

「そりゃそうだが……じゃあ、あの子は誰が連れ去ったんだ？」

「遊びに行って迷子になっているだけかもしれないじゃない」

「おまえ……」

又兵衛はお民に顔を向けた。

「おまえ、不安じゃないのか。先に気づいたのはおまえだったじゃないか」

「そうだけど、考え過ぎだったのかもしれない。そりゃ殿様や草間さんのことを考えると、怖くて鳥肌が立つけど……ねえ、そんなに気になるんだったら、ほんとはどうなのかもっと調べてみたらいいじゃない。はっきりすれば、胸のつかえも下りるというものよ」

「……そうだな」

又兵衛はまた天井を見つめた。

三

大川《おおかわ》からは湯気のような蒸気が湧き立っていた。それが斜めから射し込む日の光に浮かびあがっている。

菊之助と次郎はそんな早朝に、源助店を出て深川六間堀《ろっけんぼり》沿いにある要津寺に向かった。

深川を縦横に走る堀からも霧が出ており、町屋をやさしく包み込んでいた。門前町から小路《こみち》に入り要津寺の門前を抜け境内に入ると、飛び石伝《づた》いに本堂に向かった。

菊之助は銀杏《いちょう》の木の下で掃除をしていた小僧に声をかけた。

小僧が振り返ると同時に、地面にいた十数羽の鳩が一斉に飛び立った。

「住職に会いたいんだが、どこに行けばいい？」

「それでしたらお取り次ぎしますが、どちら様でございましょう」

背が低いのでてっきり小僧だと思っていたが、立派な青年僧だった。

「町方の手先をやっているものだ。荒金と申す。こっちは次郎という」

住職を訪《おとな》うにあたって自分のことを隠す必要はなかった。

坊主は前掛けの埃《ほこり》を払って、すぐに伝えるといって本堂の階段を上り、回廊を廻って姿を消した。

掃《は》き清められた地面に木漏れ日が射していた。

「荒金様、こちらへどうぞ」

庭を眺めていると最前の坊主が本堂脇から声をかけてきた。

菊之助と次郎は本堂横手の家屋に案内された。その家は藁葺《わらぶ》きで、屋根からうっすらと湯気のような蒸気が昇っていた。

「住職の慈明と申しますが、いかような御用で」

慈明は僧衣の袖をさらりと横に流して湯呑みをつかんだ。血色のよい肌つやをしている五十半ばの僧侶だが、名にふさわしく慈愛に満ちた福々《ふくぶく》しい顔をしている。

「じつは神隠しにあった子供がおりまして、その件でまいった次第です」

「神隠しとは聞き捨てなりませぬな。それも子供とは……」

慈明は湯呑みから顔をあげて、眉宇《びう》をひそめた。

「五つになる子で、名を幸吉と申しますが、この子はじつは和尚の仲介があった子でございます。その幸吉をもらい受けたのは、新材木町にあります乾物問屋橘屋の奉公人で富蔵と申し、女房をおきんといいます。ご住職に覚えはございませんか」

菊之助の視線を受ける慈明のげじげじ眉が二度三度上下した。それから湯呑みを置き、ふむと嘆息《たんそく》して、手入れの行き届いた庭に視線を飛ばした。鏡のように磨き込まれた縁側の板が朝日を照り返していた。

「橘屋の富蔵……」

慈明はつぶやいて考える目つきを保った。

「覚えはございませんか」

「……この寺には捨て子や、不届きな親が預けたまま引き取りにこない年端《としは》のいかない子が多数おります。どこでそんなことを聞いてくるのか知りませんが、当寺にとってははなはだ迷惑なことであるのですが、それも御仏の加護を頼むという思いであれば、放っておくこともできずに面倒を見ております。今も二人ほど世話をしているものがおりますが、そこに座っておる慈祥《じしよう》もじつはそんな不幸な境遇にあったものです」

座敷に入らず縁側に座っていた最前の坊主が、瞼《まぶた》を伏せてゆっくりうなずいた。

「しかし、神隠しにあったとは……橘屋の富蔵……女房がおきん……」

「帳簿のようなものは付けておられないのですか？」

「付けておりませんが、しばしお待ちを……」

そういって慈明は目をつむり、黙り込んだ。

菊之助は次郎と顔を見合わせ、慈明のつぎの言葉を静かに待った。表で鳥たちのさえずりが聞こえる。庭には枯れ葉がはらはらと舞っていた。

「……四年前といえば、近いようで遠い昔のことです」

慈明が目を開けていった。

「幸吉という名は存じあげませんが、富蔵とおきんという夫婦のことはぼんやりではありますが思いだしました。富蔵は以前わたしが贔屓《ひいき》にしていた乾物問屋の奉公人ですな」

「さようです」

「よく思いだしました。あの夫婦は子ができなくて困っておったのです。それでわたしが声をかけて授けたのでした。たまたまあの男の悩みを聞いたときに、その子がおりましてな」

「それで、その子は誰がこの寺に預けていったか覚えておられますか」

「覚えておりますよ」

菊之助は目を見開き、わずかに身を乗りだした。

「富蔵とおきん夫婦より、もう少し若い男女でございましたよ。まだ連れ添って間もない様子で……おそらく祝言《しゅうげん》をあげていないと思います。育てていく自信がないのに、できてしまった、手許に置いておけば不幸になるだろうから、幸せにしてくれる人に引き取ってもらいたいと勝手なことを申しましてな。わたしはその無責任さにあきれ、また腹も立ち、説教をしてやりました。ところが、あの二人はわたしのいうことがわからず、その赤子を、売るとは申しませんが、五両で譲りたいとぬかしおりました」

「五両で……」

「さよう。説教もしましたが、あの者らには何も応《こた》えておらぬようだし、子供もそんな親の許で育てば、あの者らがいうように幸せにはならないと思い、話を呑んでやったまでのことでございます」

「ご住職、その夫婦の名とか顔とかはおわかりになりますか？」

「名など忘れました。どうせ出鱈目《でたらめ》に決まっておったでしょうし、顔は……そうですな、会えば思いだせるかもしれませんが。ぼんやりした霧の彼方にあるようで、どんな顔だったかははっきりとは……」

「わかりませんか」

「いたずらに不確かなことを申すわけにもまいらぬでしょう。忘れたといったほうが正直なところです」

菊之助はがっかりしたが、早朝の訪いの無礼を詫びて辞去《じきょ》した。

「お待ちくだされ」

住職の声がかかったのは、座敷から廊下に踏み出したときだった。

「お手前は町方の手先だと申されましたが、常は何をやっておられる？」

菊之助は不意の問いに戸惑ったが、

「研ぎ師です。包丁研ぎを生業《なりわい》にしております」

「ほお……」

慈明は感心したような目で見つめてきて、

「研ぎも悪くはないでしょうが、そなたには……」

慈明はそこで言葉を濁し、

「いや、その子が無事に見つかることをお祈りしておきましょう」

と、いったのみだった。

「あの坊さん、いったい菊さんに何をいいたかったんでしょうね」

寺を出てから次郎がそういったが、菊之助は黙って前を向いて歩くだけだった。

四

朝のうちは天気がよかったが、午後になって急に空が曇り風が強くなった。通りにある幟《のぼり》が音を立ててはためき、暖簾がめくりあげられていた。

又兵衛は巻きあげられてぶつかってくる土埃《つちぼこり》を避けるために、着物の袖で顔を隠すようにして歩いていた。

問題の源助店には不用意に近づいてはいけないという警戒心が働いていたので、午前中は近くの青物《あおもの》屋や瀬戸物屋に来た源助店の住人の話に聞き耳を立てた。

「幸吉はまだ見つからないのかい？」

「いったいどうなっちゃったんだろうね」

「やっぱお道さんを殺したやつが攫って行ったんじゃないのかねえ」

そんな話もあれば、

「お道っちゃん殺しもまだわからねえらしいな。どうしてあんな子が殺されなきゃならないんだろうね。いい子だったのにねえ」

「富蔵さんとこの子だって、生きてるかどうかわからないよ。どうせ、頭のおかしなやつがやったに決まってるよ」

「それにしても、富蔵さんの家は踏んだり蹴ったりだな」

と、要するに幸吉の行方は依然つかめていないということなのであるが、又兵衛にわからないのが、お道という女のことだ。話の筋からすると、殺されたということだが、その辺がよく理解できない。

富蔵の勤める橘屋の小僧も人が殺されたといっていたが、それがお道という女なのだろう。疑問はいくつも胸の内にあったが、昼過ぎに入った住吉町《すみよしちょう》の一膳飯屋で、

「ちょいと耳にしたんだけど、近所で殺しがあったらしいな」

と、暇そうにしている店の女将《おかみ》に何気なく声をかけると、

「そうよ。すぐそこの八百屋のお道さんが首を絞められて殺されちゃったんだよ。

野菜を届ける途中だったらしいけど、人殺しはあとを尾《つ》けていたのかねえ」

「子供もいなくなったらしいな」

「そうなのよ」

店で飯を食っていた二組の客があったが、又兵衛が入れ込みに腰をおろすなり勘定をして出て行ったので、今は又兵衛のみだった。

女将と話していると、亭主も板場から出てきて話に加わった。

「幸吉って今年五つになるのかな……可哀そうにな。若い娘の命が奪われ、育ち盛りの子供までいなくなる。いったいどうなってるのかねえ」

「町方が血眼《ちまなこ》になって捜してんでしょう」

又兵衛が一番知りたいことだった。

「そりゃ必死になってるさ。だけど、まだ何もわかっちゃいないようだ。早く捕まえてくれなきゃ、こっちだっておちおち暮らしていけないからね」

又兵衛は味噌汁をすすり込みながら、やはり久松家の仕業だと思った。幸吉こと小太郎は、久松家の嫡男だった。家中の者たちはそれこそ血眼になって捜していたはずだ。

すると、おれたちのことはどうなる……。

汁椀を置いた又兵衛は、ぼんやりした目で亭主の吹かす煙草の煙の行方を追った。

「……お客さん、あんたも力になっておくれましよ。ねえ、お客さん」

女将の声で又兵衛は我に返った。

「へえ、何です？」

「だからさ、いなくなった子がいるじゃない。ひょっとしたら迷子になっているだけってこともあるじゃない。だから、そんな子を見たら源助店に教えておくれましよ」

「そりゃ、もちろん」

女将は額に貼っている頭痛膏《こう》を押さえて、又兵衛の膳部《ぜんぶ》を片づけにかかった。

「お客さんは何してるんだい？　こんな時分に飯だなんて……」

疑り深そうな目で見られたので、又兵衛はとっさに答えた。

「おれは船頭だよ、今客を送ってきたばかりなんだ」

「それじゃ、すぐそこの竈《へっつい》河岸《がし》に舟をつけてんだね」

女将はそんなことをいって膳部を板場に運んでいった。

勘定をして店を出ると、風が弱まっていた。天気が回復するのかもしれない。

曇った空の切れ間には光の筋も見えた。

又兵衛は浜町堀からの入堀、俗にいう竈河岸に沿って歩き、そのまま家に帰ろうと思ったが、この間にも幸吉こと小太郎があの長屋に戻っていやしないかと気になり、様子を見て帰ることにした。

しかし、源助店に変化はなかった。富蔵とおきん夫婦の家の戸もひっそりと閉められたままだった。

「どうだった？」

家に帰るなり、ぐずっているお花をあやしていたお民が、まっ先に聞いてきた。

又兵衛はすぐには返事をせず、台所に行って水を飲んでから部屋にあがった。

「……たぶん、久松の殿様が小太郎を取り返しに来たんだろう。そうとしか思えねえ」

又兵衛は疲れたようにいって、その日、見聞きしたことをざっと話してやった。その間にお花はお民の腕のなかですやすやと寝息を立てた。

「……でもさ、何でそのお道って娘を殺さなきゃいけないんだろう？」

又兵衛の話を聞き終えたあとで、お民は首をかしげていった。

「そういやそうだな」

「何も殿様は悪いことしてるわけじゃないじゃない。その子は攫われたうちの子だからもらって行くといえばすむことじゃない。何も関係のない女を殺すことはないでしょ」

「いわれてみりゃそうだな」

又兵衛はぽかんとした顔でお民を見た。それから道々考えてきたことを口にした。

「その八百屋の娘が殺されたのはともかく、殿様は小太郎を取り返したから、もうおれたちにはかまわないんじゃないかな。こそこそ隠れるように生きる必要もなくなったんじゃないかな。……そうは思わないか？」

「そうだといいんだけど、用人の草間さんはしつこい人だよ。わたしたちのことを忘れていればいいけど、どうだろう……」

そういわれると、又兵衛も心細くなる。

「でもね、ほんとに殿様が小太郎を取り返したのかしら？　頭のおかしい人間の仕業かもしれないし……」

「……そうだな。それにしても気色《きしょく》悪いことだ。おれは身のまわりに注意するよ。殿様や草間さんの手先がおれたちを捜しているかもしれないからな」

「もし、そうだとしたら、また江戸を離れるしかないね」

又兵衛は自分の手のしわや汚れた畳を見て考えた。

「ともかく、しばらく様子を見るしかないだろ」

五

「船頭……？」

次郎の話を聞いた菊之助は、表情を厳しくした。

「へえ、間違いありませんよ。おいらが一度声をかけた野郎です。どうも、どっかで見た顔だなと思っていたんです」

次郎の話はこうだった――。

例によって幸吉捜しに出ていた次郎だが、昼過ぎに草履の鼻緒《はなお》が切れたので、新しいのを取りに帰ってくると、

「次郎さん、次郎さん。ちょっとこっちへ」

意味深《いみしん》な顔で手招きをしたのはおつねだった。

「何だい？」

「変な男がここに出入りしているんだよ。さっきもね、その男を見たんだよ」

「どんな男だ？」

「どんなって日に焼けた色の黒い男で、そうだね、次郎さんと同じぐらいの丈《たけ》かね。年はもう少し上のようだけど、地味な格子縞《こうしじま》の着物を着ていてさ……。怪しいけど、ちょいと見はいい男だったね」

「あんまり見かけない男なんだな」

「そうなんだよ。さっきも表の吉田屋《よしだ》のそばでこの長屋のほうを見ていたんだよ。それが、今度はこの長屋を流すように歩いていってさ……。町方の旦那に知らせようかどうしようか考えていたんだよ」

「でも、どっちへ行ったかわからねえんだろ」

「住吉町《すみよしちょう》のほうに歩いて行ったよ」

「それじゃ、おいらがちょいと調べてみるよ。もしもってことがあるからな。お道さんを殺したやつだったら大変だ。おつねさんは余計なことしないほうがいいよ」

おつねは顔を強ばらせ、ぶるっと震えた。

「そ、それじゃ次郎さん、あんたにまかせるよ。あたしゃ殺されたくなんかないからね」

長屋を出た次郎は隣町の住吉町に向かい、格子縞の着物を着た若い男を捜した。お道の八百屋もその町にあり、店は普段のように開けてあった。

次郎は住吉町から難波町《なにわちょう》まで見てまわったが、男を見つけることはできなかった。元大坂町《もとおおさかちょう》まで足を延ばしたが、やはり、おつねが口にした男は見つけられなかった。

あきらめて引き返していると、竃河岸そばの飯屋から出てきた男がいた。地味な格子縞の着物、それに年も次郎より少し上だった。

「こいつか！」と思ってこっそり尾けてみると、源助店に入り、それも幸吉の家のそばで立ち止まり、そのまま歩き去った。

「それで尾けているうちにやつのことを思いだしたんです。一度、神田川の土手で声をかけた船頭だってことを」

「それでどうした？」

菊之助は先を促した。

二人は栄橋《さかえ》たもとの茶屋の縁台にいるのだった。葦簀《よしず》には雲の割れ目から落ちてくる日があたっていた。次郎は茶を飲んでもったいぶった口ぶりでつづけた。

「声をかけてやろうかと思ったんですけど、菊さんの言葉を思いだして……」

日頃から次郎には無鉄砲なことは控えろ、もし曲者《くせもの》を見つけたら黙ってあとを尾け、居所を突き止めろと口酸《す》っぱくいい聞かせてある。

「それで、こっそりあとを尾けて家を見つけたんです」

「どこだ？」

「神田佐久間町の裏店住まいです。お民って女房と、二つになる乳飲み子《ちのご》がいます。男の名は又兵衛です」

「次郎、でかしたな。よし、そこへ案内しろ」

菊之助はすっくと立ちあがった。

「菊さん、腰に何も差してなくていいんですか？　もしもってことがありますよ」

菊之助はそういわれて、少し迷った。たしかに無腰では危険かもしれない。しかし、家に刀を取りに戻るのも億劫《おっくう》だった。

「斬った張ったの喧嘩をするわけじゃない。話を聞くだけだ。いざとなったら何とかなるだろう」

脇差《わきざし》ぐらい差してくるべきだったかと思いもしたが、菊之助は割り切った。

菊之助は幼いころから厳しい父に剣術を仕込まれていた。直心影流《じきしんかげりゅう》の免許をもらったのは十六のときだが、同時に古武道の修練も積んでおり、刀がなくてもある程度の戦い方を知っている。

すぐれない天気だったので、あたりが暗くなるのが早かった。神田川にかかる和泉《いずみ》橋を渡るころには、町屋がくすんで見えるようになった。

次郎の案内する裏店の路地には、盛大な煙が充満していた。七輪《しちりん》にのせられた魚が燻《いぶ》されているのだ。女房がさかんに団扇《うちわ》であおいでいたが、煙は増すばかりだった。二人はその煙を手のひらで払いながら一軒の家の前で立ち止まった。

ここです、と次郎が顎をしゃくった。

腰高障子には家の明かりがあり、ぐずるように泣く子供の声がする。菊之助はごめんよと声をかけて、引き戸を開けた。

膝に幼い子供を抱いた男が顔を振り向けた。

「どちらさんです?」

そう問いかける男の表情は硬かった。何かに怯《おび》えたように目を泳がせもした。

「名乗るほどのものじゃないが、荒金と申す。又兵衛だな。ちょいと邪魔するよ」

菊之助が穏やかなものいいをして三和土《たたき》に入ると、又兵衛は逃げるように尻をすって下がった。

「な、何です？」

「高砂町の源助店に来たな」

菊之助はじっと又兵衛を見据えた。ぐずっていた子はおとなしくなっており、菊之助に澄んだ瞳を向け、無邪気な笑顔を見せた。

「こっちにいるのは次郎というが、覚えはないか？」

菊之助は次郎を振り返って問いを重ねた。

又兵衛は狼狽《うろた》えている。

「知りませんよ」

「……それじゃ忘れたんだろう。だが、源助店に行ったことはある」

菊之助は上がり口に腰をおろした。

「何の用があってあの長屋に行った？」

「ちょ、ちょっと待ってください。いったいどういうわけで、そんなことを聞くんです」

「人の命がかかっているんだ。聞くことに素直に答えるだけでいい。それとも心にやましいことでもあるか？　いっておくが、おれたちには町方の息がかかっている。返答次第では、ただではすまされないことを肝に銘じておくんだ」

菊之助は静かな口調ながら、厳しい目で又兵衛と部屋のなかに視線を這わせていた。部屋には台所の包丁以外に刃物らしい凶器はない。又兵衛が包丁を手にするには、膝の子供をおろさなければならない。

町方の息がかかっているといったのが効いたのか、又兵衛は落ち着きをなくしていた。逃げたくても子供が邪魔になるだろうし、戸口には次郎が立っている。その前に菊之助をどうにかしなければならないが、又兵衛にはその気はないようだ。

「野暮用があったんです」

「どんな野暮用だ。殺された女のことを調べたかったのか？　それとも、神隠しにあった子供のことが気になってのことか？」

よく日に焼けている又兵衛の顔が青ざめた。

「ひょっとすると、攫われた子供を寺に預けたのはおまえだったんじゃないか」

図星《ずぼし》だったようだ。又兵衛はその目に驚きの色を露《あら》わにした。

「……そのようだな」

「あ、あの……」

声を震わせた又兵衛の目が泳ぎ、ついである一点に吸い込まれるように動かなくなった。菊之助が視線を辿《たど》るように振り返ると、次郎のそばに女が立っていた。女房のお民だ。

「どちらの方です？」

「お民さんだな」

お民の表情がにわかに硬くなった。

「直截《ちょくせつ》にいう。高砂町にある源助店でお道という女が殺され、幸吉という子供がいなくなった。そのことで訊ねたいことがあるだけだ。戸を開け放しての立ち話は具合が悪かろう。なかに入ったらどうだ」

表情を凍らせていたお民はよろけるように家のなかに入ると、又兵衛の隣にきちんと膝を揃《そろ》えて座った。次郎があとから三和土に入って戸を閉めた。

「又兵衛、白《しら》を切るなら然《しか》るべき場所に行ってもらうことになる」

「も、申します」

又兵衛は声を震わせた。

六

「あの長屋に行ったのは荒金さんが申されたように、手前どもが要津寺に預けた子ではないかと思ったからです」

「あんた……」

「黙っていろ」

又兵衛はお民を遮《さえぎ》ってつづけた。

「そこの若い旦那に偶然声をかけられ、そうじゃないかと思いまして、それでたしかめるためにあの長屋に行っただけです」

菊之助は眉間《みけん》にしわをよせ、わずかに首を傾けた。

「次郎から話を聞いただけで、なぜそうだと思ったんだ」

「そ、それは子供の父親が、新材木町の乾物問屋の手代だと聞いたからです。あのときはすぐには気づきませんでしたが、家に帰ってからそうじゃないかと思いまして……」

「それじゃ、おまえは自分の預けた子が、誰にもらわれたか知っていたのだな」

「ま、そうです」

「それでどうだった？」

「たぶん、あの子でしょう。親が橘屋の奉公人で富蔵、その女房がおきんだったら、そうに違いないはずです」

「それじゃ間違いない……まさか、おまえが攫ったなんてことはないだろうな」

「と、とんでもございません」

手を振って否定した又兵衛は、ぐずり出しそうになった子供をお民に預けた。

「なぜ、富蔵とおきんがあの長屋に住んでいるとわかった？」

「それはそこの若い旦那に初めて会ったときに聞きまして、それで……」

又兵衛は次郎をちらりと見た。

「すると、神隠しにあったようにいなくなった幸吉はおまえたちの子なんだな」

お民と顔を見合わせた又兵衛は、軽く唇を嚙んだ。

「違うのか……？」

「それは……」

「それはどうした？」

又兵衛は顔をうつむけ、膝に置いた手を握りしめた。物欲しそうな顔で子供が短くぐずったので、お民が乳を引っ張り出し、子供に乳首を吸わせた。行灯の明かりを受けた白い乳房は豊かだった。次郎の目がそれに釘付けになっていた。

「乳離れが遅いもので……」

次郎の視線を気にしたのか、お民がそんなことをいった。

「又兵衛、どうなのだ？」

「あの子は、わたしどもの子ではありませんで……」

「それじゃ、誰の……？」

又兵衛は苦しそうなため息をついた。

乳を飲ませているお民の頬《ほほ》も引きつれたようになった。

「殺しもやっていなけりゃ、子供を攫ってもいない。それなら何もやましいことはないだろう。それとも他に……」

「あんた、いっておしまいよ」

お民だった。

「だ、だけど……」

「それじゃ、わたしがいうわ」

おまえ、と慌てた又兵衛にはかまわずお民が話しだした。どうやら肚が据わっているのは、見かけによらずお民のようだ。

「あの攫われた子は殿様の子なんです。久松寿三郎様という旗本家の嫡男なんです。それをわたしとこの人が攫って深川の寺に預けたんです」

「なぜ、そんなことを？」

「お金がほしかったんです。わたしは殿様の家に武家奉公で入っておりました。この人はその家の使用人でした。それで気が合って、どこかに逃げようということになり、あの子を盗んで脅せばお金になると思ったんです。でも、うまくいきませんでした。だから寺に預けるしかなかったんです」

お民はつかえていたものを吐き出すように、一気にまくし立てた。

「でも、わたしたちは殿様に追われていて、命を狙われており、見つかれば殺されます。だから、怖くなって江戸から行徳《ぎようとく》に行って、ほとぼりが冷めるまで向こうで暮らしていたんです」

「江戸に戻ったのは？」

「三年前です。行徳には一年いました。向こうの水はどうしても合わなかったんです。それで江戸に戻ってきて、この子ができたんです」

お民は子供の頭をやさしくなでた。

「あの子供を攫ったのは殿様でしょう。きっとそうだと思います」

菊之助は、じっとお民の目を見た。

隣に座る又兵衛はがっくり肩を落とし、深いため息をついた。

「その旗本の屋敷はどこだ」

菊之助はずいぶんたってから口を開いた。

「千駄ヶ谷《せんだがや》です。御書院番《ごしよいんばん》の久松寿三郎様です」

菊之助はそのことを脳裏に刻みつけて、腰をあげた。すると、又兵衛が狼狽えて尻を持ちあげ、すがるような視線を向けてきた。

「殿様の家に行かれるのですか？」

「たしかめる必要があるだろう」

「わ、わたしどものことは……」

「何やらわけありのようだから、しばらく黙っておいてやるが、今の話が嘘だとわかったときには、おれたちはともかく八丁堀同心二百五十人を敵にまわすことになる」

「げっ……」

又兵衛は肝をつぶした顔になり、あげた尻をすとんとおろした。

「また来ることになるだろうが、妙なことを考えるんじゃないぞ」

菊之助は一言釘を刺して、又兵衛の家を出た。

「菊さん、あいつらをこのままにしておいていいんですか？　人がよすぎやしませんか」

木戸口を出たところで次郎が咎《とが》めるようにいった。

「……乳飲み子がいるんだ。あの子に罪はない。それに、あの二人は殺しには関わっていないようだし、幸吉を攫ってもいない。もっとも、久松寿三郎という旗本の嫡男を攫ったのはいただけないが……二人が縄を打たれれば、あの乳飲み子の面倒は誰がみる」

「それじゃ、どうするんです？」

菊之助は深い闇の彼方に視線を注いだ。遠くで提灯の明かりが揺れていた。その明かりが菊之助の厳しい双眸《そうぼう》に映り込んだ。

相手は旗本。滅多なことで探りを入れることはできない。

「次郎」

「へい」

「秀蔵のもとへ走れ。あいつに話をしなければならない。行け」

「へ、へい」

次郎は尻を端折《はしょ》るなり、一散《いっさん》に駆けだした。

その姿はやがて、深い闇に塗り込められたように見えなくなった。

第三章　張り込み

一

秀蔵が呼び出したのは、大番屋《おおばんや》に近い南茅場町《みなみかやばちょう》の料理屋だった。八丁堀には町奉行所の与力《よりき》同心が多く住まうので、色めいた店は少ない。代わりに女将や女中らは礼儀をわきまえており、品がよく、客の応対にそつがない。

男はすれた女より、おくゆかしい女に憧れを抱く。〝女〟を押し売りしないところに魅力を感じ、またそこに色気を感じるのだ。

その店の女将もそんな女で、小上《こあ》がりに座る菊之助と秀蔵に酒と肴をのせた膳部を届けると、

「御用がおありでしたら、すぐにまいります」

両手を上品につき瞼《まぶた》を伏せると同時に頭を下げてさがった。去り際に着物の裾《すそ》からのぞく、白い足首が菊之助にはまばゆかった。

「それじゃ、その久松寿三郎という旗本が……」

あらかたのことを聞き終えていた秀蔵は、盃の酒を舐めるように飲んで小さくうなった。

「それも、御書院番らしい」

「……書院番だと」

秀蔵はぴくりと眉を動かし、驚いたように目を瞠《みは》ると、盃を持つ手を膝にあずけ、しばらく一方に目を注ぎつづけた。

町奉行所は、武家と寺社を除いた一般町人の訴訟と犯罪者の取締りをおこなうことを旨《むね》としている。よって、武家に対する調べは原則的にできない。町奉行所の与力同心がみだりに旗本に対して十手でも出そうものなら、斬り捨てられても文句はいえない。また、斬られずとも無礼を届けられたら、十手を出したものは斬罪《ざんざい》になってしまう。

秀蔵が深刻な顔になるのは致し方ないことなのだ。

揺らめく燭台《しょくだい》の炎が秀蔵の白い頬を染めていた。

「どうする？」

菊之助の声で秀蔵の目がゆっくり戻された。

「たとえ相手が御書院番の旗本であろうが、人の生死がかかっているんだ。聞き流すことはできねえ。それにまだ、その久松寿三郎の仕業だと決めつけるわけにもいかないからな」

「もっともだ」

「しかし、神隠しにあった幸吉が旗本の嫡子だったとは……その又兵衛とお民にはあきれかえるばかりだ」

秀蔵は眉間にしわを刻んで、まずそうに酒を舐めた。

「その二人のことだが、乳飲み子がいる。二人のしでかした悪さに目をつぶることはできないだろうが、乳飲み子のことを考えると……」

「また、おまえ得意のお情けか」

ふんと、秀蔵は鼻で笑って酒をあおった。

「見逃せとはいわないが、今しばらく様子を見ることはできないか」

「………」

秀蔵は怒ったような顔つきでにらみつけてくる。

「又兵衛とお民に縄を打てば、お花という乳飲み子は生きてはいけないだろう。二人のどちらかが助かるのであれば、まだ救いがある。だが、経緯からして片親だけを召し捕るというわけにはいかないはずだ」

「このうらぶれ侍が何をぬかしやがる。仮にもおれは町奉行所の同心だ。寝言なら他のところでいいやがれ。たわけがッ」

秀蔵は銚子《ちょうし》をつかむと、盃にどぼどぼと乱暴に酒をついだ。

「久松家から御番所《ごばんしょ》に届けが出ていれば、お花の面倒を見てくれる者を捜して、おまえの判断に従うしかないだろうが……」

「よくしゃべりやがる」

「秀蔵、調べることはできるか？」

「何をだ？」

秀蔵は不機嫌な顔のままだ。喉の奥に放り込むように酒を飲んだ。

「久松家から跡継ぎとなる赤子が攫われたということだ。届けが出ていれば、おれも潔《いさぎよ》くあきらめるしかない」

「出しゃばったことをいうんじゃねえ」

秀蔵は声を荒らげ、盃を膳部に打ちつけるように置いた。板場から出てきた女中が驚いたように振り返った。

秀蔵はそれにはかまわず、菊之助の襟をぐいとつかんで引き寄せた。

「菊之助、おまえの人のよさにはあきれるばかりだ。いつまでも善人面《づら》してやがるから、うだつの上がらない裏店暮らししかできねえんだ。それも仕官もしねえで、包丁研ぎだ。立派な八王子千人同心だった親父《おやじ》殿は、今ごろ草葉の陰で泣いていなさるぜ」

「おまえにとやかくいわれたくはない」

菊之助は秀蔵の手を強く払った。秀蔵はじっとにらんでくる。舌先で唇を少し舐め、片頰に虚無《きょむ》的な笑みを浮かべた。

「菊之助、おまえはいったい何のために生きているのだ。本当に今の暮らしに満足しているのか？　人ってえやつは何か目的があるから生きているんじゃないのか。大きかろうが小さかろうが夢ってやつがあるはずだ。それなのに、おまえは……情けねえんだ。馬鹿野郎め」

いっているうちに秀蔵は感情が昂《たかぶ》ったのか、目を赤くした。その目は潤《うる》みそうになっている。菊之助はまさかこんなことをいわれるとは思っていなかったので、内心で驚きもしたが、そこまで秀蔵が真剣に自分のことを思っていてくれたのだと気づき、少なからず感激していた。

「……秀蔵、おまえは町の者たちを救い、悪いやつらを懲《こ》らしめるのが務めだろうが、おれも及ばずながら同じ長屋の者たちの力になってやりたいと思っている。おまえの役目の大きさに比べたら、ちっぽけなことだろうが、放っておけないんだ。それに……」

「なんだ？」

「おまえはおれを手先にしている。おまえは自分の役目をまっとうするために、おれを手駒として使っている」

秀蔵が詰まるように息を呑んだのがわかった。

「だが、おれはおまえに声をかけられて嬉しい。だから、おまえの役にも立ちたいと思っている。他にも考えはあるが、今は自分でできることをやりたいだけだ」

菊之助は酒を飲んだ。

秀蔵も黙って酒を舐めた。

しばらく居心地の悪い空気が流れた。二人とも黙して語らず、目が合えばどちらからともなく視線をそらした。

店の客は静かに酒を飲んでいる。どこかで琴が奏《かな》でられているらしく、美しい調べが聞こえた。

「……ともかく、久松寿三郎家をあたる」

秀蔵が先に口を開いた。菊之助は顔をあげて、その端整《たんせい》な顔を見つめた。

「届けが出ているかどうか、それも調べる。跡継ぎを取り返すために罪のない八百屋の娘を殺すというのは、まったくもって解《げ》せぬからな」

「そっちの下手人はどうなんだ？」

「わからぬ」

秀蔵は首を振った。

「ともかく、今いったことを早急にやることにする」

「又兵衛とお民の件はどうする？」

秀蔵は無愛想な顔のまま、土間に下りて雪駄《せった》を突っかけてから振り返った。

「まずは久松家のことを調べる。二人のことはあとまわしだ」

「すまぬ」

「頭なんか下げるんじゃねえ。おまえは表で待つことになるだろうが、明日はおれに付き合って久松家に行くんだ。よいな」

「承知した」

「数寄屋《すきや》橋に五つ半（午前九時）にまいれ。女将、勘定だ」

秀蔵はそのまま菊之助の視界から消えた。

二

菊之助が次郎を伴って数寄屋橋に行ったのは、約束の刻限より小半刻も早かった。

堀の水は透明感のある高い空を映している。その堀の一画に、渡ってきたばかりと思われる鴨《かも》の群れがあった。

今朝の菊之助は腰に大小を帯びてはいるが、いつもの着古した小袖《こそで》である。昨日秀蔵はああいはしたが、久松家に通されるかもしれない。その場合、こんな古着では失礼にあたるだろうと思うが、あいにく新しく誂《あつら》えた着物はなかった。

「そのときはそのときだ」

と、菊之助は開き直った気持ちで、南町奉行所の屋根越しに見える江戸城を眺めた。

「菊さん、横山の旦那、ずいぶん遅くありませんか」

待ちくたびれ、落ち着きをなくした次郎が愚痴をいう。すでに昼四つ（午前十時）は過ぎていた。

「調べものに手こずっているのだろう。黙って待とうではないか」

次郎は肩をすくめて、柳の下の地面に腰をおろした。

町屋に見られる木々の葉は、赤や黄色に色づいており、風が吹くたびに枯れ葉が舞っていた。御番所の門から小者《こもの》を連れた同心が何人か出て行った。いずれも見廻り同心と窺《うかが》い知れた。菊之助と次郎に鋭い視線を向け、そのまま黒羽織を風にひるがえして去ってゆく。鬢《びん》付け油をたっぷり効かせた小銀杏《こいちょう》に、櫛《くし》の目がきれいに通っていた。

秀蔵が現れたのは、さらにそれから小半刻ばかりあとのことだった。小者二人といつもついている下っ引きの五郎七の顔もあった。

秀蔵はすらりと背が高いので、それだけで見目《みめ》がいいが、さらに歩く姿は揚《あ》げ幕《まく》から花道に出てきた役者のように様子がいい。歩くたびに裾にのぞく裏地が粋《いき》に見えるし、黒紋つきの羽織も丈《たけ》に合わせて長いので、風をはらんで優雅にひるがえる。

「歩きながら話そう」

秀蔵は無愛想にいってさっさと歩く。菊之助は横に並ぶために、小走りにならなければならなかった。

「例のことだが、届けは出されていなかった。北町にもたしかめてもらったが、やはり同じだ」

なぜだと聞きたいところだが、菊之助はそれは野暮なことだと思って言葉を呑んだ。

武家は家柄を重んじ、世間体に神経質だ。大事な嫡男が攫《さら》われたとなれば、これはお家にとっての一大事であるが、攫った者が家中《かちゆう》で雇っていた使用人であるがゆえに、監督不行届きということで恥をかくことになる。

泥棒に入られたとしても、武家では黙っておくことがめずらしくない。もし、届けを出せば、「不届き至極《しごく》」と逆に咎《とが》められることさえある。ゆえに体面を保つ武家は泣き寝入りすることが少なくなかった。

「それじゃ、必死になっていたであろう久松家の者が、子供を捜しだして取り戻したと考えることは……」

「大いに考えられる」

秀蔵はそこで一度言葉を切って、

「わからないのが、お道殺しだ。子供を取り返すために、何の関わりもない八百屋の娘を殺す必要はないはずだ」

「それはずっと引っかかっていることだ」

「ともかく探りを入れるしかないが、久松寿三郎殿は書院番を外され、今は小普《こぶ》請組《しんぐみ》の無役だ。しかし、千石《ごく》取りの大身《たいしん》だから待機組なのだろう」

「なぜ役目を外されたんだ？」

「それはわからぬが、一筋縄《ひとすじなわ》ではいかぬぞ」

久松寿三郎は何か不始末をやらかして、小普請組入りを余儀《よぎ》なくされているのかもしれない。小普請組とは本来、読んで字のごとく城内外の普請《ふしん》事業を受け持つ組織であるが、太平の世がつづくうちに、「窓際」めいた組織になっていた。禄はもらえるが仕事は何もないという、まことに窮屈《きゆうくつ》なところなのである。

書院番は若年寄《わかどしより》の下で、城内や将軍の身のまわりの警備に当たる重職であり、将来を嘱望《しよくぼう》されているものがつくのが常だ。それが小普請組に編入されたのだから、よほどのことがあったに違いない。

それはともかく、久松寿三郎の屋敷は千駄ヶ谷にあった。信濃《しなの》高遠《たかとお》藩、内藤駿《ないとうする》河守《がのかみ》下屋敷裏である。千石の禄高にふさわしい家で、屋敷は長い板塀で囲まれており、門も木戸門ではなく小振りながらも長屋門《ながや》であった。

その門は閉められていたが、脇のくぐり戸は開いていた。声をかけても返事がないので、門番は置いていないのであろう。

秀蔵は二人の小者を連れて門内に消えた。菊之助と次郎、そして五郎七が表に残って待つことになった。

あたりは武家地ゆえに通りは静かだ。屋敷の横道奥にある勝手口に声をかける御用聞きと、近くの屋敷から出て行く使用人の姿を見るぐらいだった。

蒼穹《そうきゅう》をゆっくりと移動してゆく太陽が、表で待つ三人の影をくっきりと地面に作っていた。屋敷から通りに伸びる木の枝に鵯《ひよどり》が止まり、決して褒《ほ》められないいびつな声で鳴いていた。

「お道のことはどこまでわかっているんだ？」

菊之助は暇にあかして五郎七に聞いた。秀蔵からその辺の詳しいことを聞いていなかったからでもある。

「正直、下手人に行き着くことは何もわかっておりません。お道はあの日、同じ長屋の弥兵衛《やへえ》の家に頼まれた野菜を届けに行っただけのことで、怪しい者が後を尾《つ》けたようなこともないんです。弥兵衛にも不審な点はありません……」

「お道の男関係は？」

「それもありません。真面目で明るいと近所の評判もいいし、誰もお道を悪くいうものはおりませんし、仲違《なかたが》いをしている人間もいないんです。調べれば調べるほど、気立てのよい娘だったということがわかるばかりでして……」

「まるで殺され損だな……」

菊之助は深いため息をついた。

久松家への訪問は長くかかるだろうと覚悟をしていたが、秀蔵は予想外に早く戻ってきた。おそらく屋敷に入って半刻《はんとき》（一時間）もたっていなかっただろう。

「小太郎こと幸吉は、この家にはいないぞ」

それが秀蔵の最初の言葉だった。

「それじゃ、どこに？」

「ともかく久松殿と話したことを教えてやる」

秀蔵はすたすたと歩いてゆく。

「ここまで来たのだ。せっかくだから四谷《よつや》の蕎麦《そば》を食おう。昼には少し早いが、うまい蕎麦屋がある」

そういって秀蔵が案内したのは、四谷大木戸《おおきど》に近い二八《にはち》蕎麦屋だった。往還《おうかん》に面した葦簀張りの、とくに小ぎれいでもない板敷きの店だが、出された蕎麦はなるほど、腰があって美味であった。つゆも深みと甘みがほどよい加減であとを引いた。

「久松家には何かあるようだ。受け答えをする殿の歯切れは悪く、奥様の返答にも何やら裏がありそうなのだ」

秀蔵は蕎麦を半分平《たい》らげたところでようやく話しだした。

「裏とは……」

「それがよくわからん。それに、攫われた嫡男である小太郎にも、あまり執心《しゅうしん》していないふうなのだ」

菊之助は手の甲で口を拭って眉をひそめた。

「幸吉、いや小太郎は跡継ぎではないか。それなのに、あきらめているというのか？」

「そんな口ぶりだ」

「それじゃ、小太郎の弟ができたと……」

「できたのは、弟ではなく妹だ。家を継がせるには養子をもらうか娘に婿《むこ》取りをさせるしかない。だが、そんなことより、あの殿様は何かを隠している。それが何かはわからぬ」

「どうするんだ？」

秀蔵は箸を置いて、きれいに折りたたんだ手拭いで口のあたりを押さえた。

「菊之助、ここから先はおまえの出番だ。久松家を探れ。相手に気取《けど》られないように、こっそりとだ。あの屋敷にはのっぴきならないことが起きているようだ」

三

「出て行ったか」

久松寿三郎は座敷に戻ってきた妻の八重《やえ》に落ち着きなく訊ねた。

「行ってしまわれましたよ。なぜ、ご相談なされなかったのです」

八重は着物の袖を払って詰め寄るようにいった。

「相談などできるか。相手は町方だ。下手なことを口にすればこの家の名に泥を塗ることになる。ようやく書院番に復帰できるめどが立とうとしている矢先なのだ」

「それでは、どうされるおつもりです。このままでは、にっちもさっちもいかないではございませんか」

「何か手立てがあるはずだ」

寿三郎は苛《いら》ついたように、扇子を自分の膝に打ちつけた。

「お殿様」

声に振り返ると座敷の先で侍女《じじょ》が手をついていた。

旗本の家では主は「殿様」、妻は「奥様」と呼ばれる。ただし、これが町方となると、八丁堀の与力は不浄の罪人を扱うために御家人と同じ「旦那様」である。妻のほうは「奥様」と同じだ。御目見《おめみえ》以下の同心になると、夫は「旦那様」、妻は「ご新造《しんぞう》様」となる。これが町人だと妻を「おかみさん」と呼ぶ。

「いかがした？」

「本多《ほんだ》様がお見えですが、いかが致しましょう」

「なに、本多殿が」

寿三郎は開いていた扇子を閉じて尻を浮かし、町奉行所の同心とかち合わなくてよかったと胸をなで下ろした。

「通せ。奥の間がよい」

「それでは早速に」

来訪したのは本多重直《しげなお》という目付《めつけ》であった。無役の寿三郎が早くその地位につきたい役職だが、いつになるかわからない。

目付は常に、政《まつりごと》を担う老中《ろうじゅう》のそばで仕事をしているので、幕府内部の人事に詳しい。幕府重職に欠員が出れば、老中が新たな人材を抜擢《ばってき》することが多いが、往々にして自分の下で熱心に働いて尽くす目付に白羽《しらは》の矢を立てることが少なくない。

「あなた様、あの件はいかがなされます」

「ええい、それはあとのことだ」

「でも、お金を強請《ゆす》られているのですよ」

「わかっておる。ともかく本多殿との話がある。その件は本多殿が帰ったあとだ」

「人の命が、血を分けた御子の命がかかっているのでございますよ」

八重は膝をすって寿三郎の着物の袖をつかんだが、

「ええい放せ。あとだ、あとだ」

寿三郎は八重を振り払った。

本多重直が待つ奥座敷に向かう廊下を歩きながら、寿三郎の脳裏にはさまざまなことが浮かんでいた。

今は出世ができるかどうかの瀬戸際、家中の騒動を表沙汰《おもてざた》にすれば、これまで本多重直に費《つい》やした労苦は水の泡になる。

そんなことは絶対にあってはならない。何が何でも書院番に戻らなければ、我が身はいつまでも浮かばれない。

出世の糸口は書院番にあり、本多重直にかかっているのだ。しかし、長話は禁物《きんもつ》である。今日のところは、その後の進展具合を聞くにとどめておこう。

それにしても、腹の立つことを。あの草間め。

胸の内で吐き捨てる寿三郎は、拳を握りしめぎりぎりと歯軋《はぎし》りをした。気づいたときには奥座敷の前だった。

襟をすっと正し、空咳《からせき》をして座敷に入った。

すでに本多重直は供《とも》の者と待っており、こちらを見てにこやかな笑みを浮かべた。

「お忙しいところご足労《そくろう》いただき、心苦しい次第でございます」

「なに、気にすることはありません」

本多は砕けた物言いをして、煙草盆を引き寄せた。

侍女が茶を運んできたのはすぐだ。侍女の前では肝腎《かんじん》な話ができないので、本多は庭の木々を眺め、紅葉は間もなく見頃になるなどと風流なことをいって、煙管を吹かしていた。

「それで、その後、何か進展はございますでしょうか」

侍女がさがったところで、寿三郎は本多を見た。

「これまでの苦労は無駄にはならないようです。これで久松殿の苦心も努力も実りそうですよ」

「まことでございますか」

顔を輝かした寿三郎は、思わず身を乗りだしていた。

「ひとり徒頭《かちがしら》に行くことになったものがおります。この穴埋めをしなければなりませんが、拙者《せつしや》のほうから若年寄様にご推薦《すいせん》申しあげております」

「ありがたき幸せ」

「追って正式な沙汰が下るとは思いますが、じつは他にも推挙《すいきよ》されたものがおります」

寿三郎はわずかに顔を曇らせた。

「それがし、ひとりではございませぬか」

「そう思いどおりにはまいりませんよ。ここは辛抱《しんぼう》強く吉報を待つしかないでしょう」

「ははっ、まことに仰《おつしや》るとおりで……」

寿三郎は威儀《いぎ》を正して、馬を連想させる本多の顔を見た。裃《かみしも》姿の本多は煙管の灰を落とすと、「そこで」と言葉をいったん切り、真顔になった。

「とにもかくにも、あとは詰めの話だけです。もう一押しすれば、おそらく田沼《たぬま》様も首を縦に振られるはずです。拙者の一存で決められることなら、久松殿の登用はすんなりいくのですが、何しろ鍵を握っておられるのは田沼様です」

「そのことは重々承知いたしておりますゆえに、どうぞよきお取りはからいをお願い申しあげたく存じます」

田沼様とは、強力な人事権を握る西丸《にしのまる》若年寄・田沼意正《おきまさ》のことである。

「ともかく、もう一押し働きかけをいたしましょう。久松殿のたっての願いですからな。しかし、それには重ねてかかるものがあります。まあ、みなまでいわずともおわかりだとは思いますが……」

「ははっ、それは充分に」

もう一押ししてもらえれば、望みが叶《かな》う。そう思えば惜しむことはなかった。寿三郎は身軽に腰をあげると、隣の間――そこは寿三郎の書院であった――に行き、手文庫から切り餅（二十五両）をつかみ取り、もとの座敷に戻った。

「どうぞお納めください」

切り餅を差しだすと、本多は芝居がかったようにためらって見せ、あとはそれが当然だといわんばかりの顔で、懐《ふところ》にねじ込んだ。

それからはとりとめのない話となったが、本多は間もなく席を立った。寿三郎は門前まで行って仰々《ぎょうぎょう》しく本多を見送り、相手の姿が見えなくなると、急いで取って返し、八重を自分の居間に呼びつけた。

「八重、本多殿は約束どおり推挙してくださっている。あとは田沼様の首を縦に振らせるだけだと申された」

「それはようございますが、草間のことはどうなさるおつもりなのです。放っておくわけにはまいりませんよ。御書院番への推挙がかなったあとで、そのことが表沙汰になったら元《もと》の木阿弥《もくあみ》ではございませんか」

八重は大福餅のようにやさしい顔をしているくせに、言葉はきつい。きついが、当を得ているから寿三郎は返答に窮《きゅう》し、頭を悩ませる。

「まずは御家の問題を穏便《おんびん》に片づけなければ、取り返しのつかないことになります。小太郎を人質に取っている草間をどうなさるおつもりですの」

「そこが頭の痛いところなのだ……」

寿三郎は本当に頭を抱えたくなった。

「いかがなさりますか？」

寿三郎は妻の視線を外し、欄間《らんま》に目を注いだ。頭に思い浮かぶのは二つだ。ひとつは草間の要求を呑むこと、もうひとつは要求を撥《は》ねつけてしまうということだ。

だが要求を撥ねつければ、自分の将来はないかもしれない。かといって草間に三百両という大金は渡せないし、もはやそんな金など手許にはなかった。

「かくなるうえは……」

「かくなるうえは何でござりましょう？」

可愛い目をしているくせに、近ごろこの女の目はきつくなったと、寿三郎は自分の妻を見返した。

「草間と勝負するしかあるまい」

八重の目が驚いたように見開かれた。

四

行灯の油がなくなりそうだ。ジジッと芯《しん》が鳴った。

切れる……。

又兵衛は消えかかった炎をさっきから凝視《ぎょうし》している。心を落ち着けようとするが、そうすることができない。不安が大群となって押し寄せている。

それは昨日よりも今朝、今朝よりも今。刻がたつごとにどうしようもない不安はいや増すばかりだ。

又兵衛はすやすやと寝息を立てているお民とお花に視線を注いだ。そのとき、ぽっと行灯が消えた。一瞬にして闇が家のなかを支配した。

さっきまで隣近所の声が聞こえていたが、それも今はない。長屋の連中は朝が早いので、床につくのが早いのだ。

しばらくすると目が闇に慣れてきて、薄ぼんやりではあるが家のなかを見渡すことができた。もう一度お民を見ると、その両の目が闇のなかで鈍く光っていた。

「……まだ眠れないの」

お民の口が動いた。

「おまえ、恐ろしくないのか……」

「まだそのことをいっているの。どうしようもないじゃないの。考えたって同じでしょう。どうなるわけじゃないんだから」

「あの草間が捜しているかもしれないんだ。見つかったらそれこそおしまいだ。それにあの町方の手先……荒金という男……どこまで信用できるかわからないだろ」

「しばらく黙っておくといったわ」

「だから、それを信じていいかどうかだよ。あの荒金ともうひとりの……次郎という男を使っている町方がおれたちのことを知ったらどうなる」

「……逃げたら、八丁堀同心二百五十人を敵にまわすことになるといわれたわ」

それだと、又兵衛は心中でつぶやいた。

そのことが怖かった。草間新之輔に追いつめられるのも怖い。

又兵衛は寝間着の前をかき合わせ、ぶるっと震えた。

「草間から逃げることはできるかもしれない。だがよ、お民。町方から逃げられると思うか」

お民はまばたきもせず天井を凝視した。

「江戸を出てしまえばいいかもしれない。だけど、それで本当におれたちが救われると思うか?」

「……そんなこと……わからないわ」

お民の声はわずかに震えていた。お花が寝返りを打って、お民の胸に顔を埋《うず》めた。

「どうしたらいいんだ」

泣きそうな声をこぼした又兵衛は膝の上の拳を握りしめて、

「あんなことをしたばっかりにこんなことに……」

「今さら後悔してもどうにもならないじゃない」

「お民……」

又兵衛は妻の腕をつかんだ。

「おまえが若様を攫おうといわなければこんなことにはならなかったんだ。金だけ盗んで逃げればよかったんだ。それを……」

「わたしのせいにしないで」

お民は半身を起こして、又兵衛をにらんだ。

「そんなことをいうんだったら、あのときにやめようと一言いえばよかったじゃない。あんたは何もいわなかったわ。それはいい考えだ、きっとうまくやれると目を輝かしたのはどこの誰よ」

「あのときは……」

又兵衛は言葉を返すことができなかった。

「うじうじしたこといわないでよ。こうなったらなるようにしかならないじゃない」

「おまえってやつは……どうしてそうすぐに開き直れるんだ」

「あんたが男らしくないからよ。意気がったこというくせに、ほんとは度胸なんてないからよ。だからわたしが強くなるしかないじゃない」

「落ち着け、お花が起きる」

「あんたがうだうだいうからよ。いったいどうしたいっていうのよ。逃げたいんだったら逃げればいいじゃない」

「逃げたいさ。今すぐにでも逃げだしてしまいたいさ。だけど、それができないだろ。荒金って人のいったことが、おれを縛りつけているんだ」

「こうなったらいってしまうけど、わたしは逃げませんよ。絶対に逃げない」

又兵衛はあんぐり口を開けて、お民を見た。

「逃げれば、また逃げなきゃならない。今ここで逃げたら、一生逃げて暮らすことになる。そう思わない？　あんたと一緒になってずっと逃げてばかりよ。もうわたしはうんざり。……逃げても同じよ」

「お、おまえ……」

「若様を攫ったけど、それで縄にかかったとしても死にはしないわ」

「だけど、金を盗んだ。十両以上の盗みは……死罪なんだぞ」

「届けは出ていなかったわ」

又兵衛は、はっとなった。

行徳に逃げて江戸に舞い戻ったときに、自分たちのことが手配されていないか調べたことがある。町奉行所からの手配はまわっていなかった。人相書《にんそうがき》の類《たぐい》もなかった。つまり、久松家は小太郎が攫われたことと、金が盗まれたことを表沙汰にしなかったのだ。真実《ほんとう》のところはわからないが、又兵衛とお民はそう思い込んだ。

「あんた、逃げたかったらひとりで逃げていいわよ」

「おまえはどうする？」

「わたしはここにいるわ。あの荒金って人を信じてみようと思う」

「……」

「あんたが心配するように、わたしも今日一日不安だったのよ。だけど、何もなかった。もし、あの人がわたしたちに縄をかけるつもりなら、昨日のうちに引っ立てられたはずよ。でも、あの人はそうしなかった。わたしたちが逃げないと思ってくれたからよ」

又兵衛は薄闇のなかで遠くを見た。荒金という男の顔が脳裏に浮かんだ。

「……もし、おれが逃げたらおまえはどうする？　お花をひとりで育てていけるか？」

「わたしに与えられた天罰だと思って必死になって育てるわ。いざとなったら茶屋の女にでも何にでもなってやるわよ」

「……おまえ」

又兵衛は心を打たれていた。お民の芯の強さを改めて知った思いだった。

「……逃げたら一生逃げることになるのか」

お民がさっきいったことをつぶやいた。

風に吹かれた戸板がコトコトと小さな音を立てた。その音に合わせるようにお民がつぶやきを漏らした。
逃げたら終わりよと――。

五

内藤新宿《しんじゆく》にある天竜寺《てんりゆうじ》の時の鐘が、暗い空に広がっていった。

鐘は夜四つ（午後十時）を教えていた。日の暮れから風が冷たくなっており、久松家を見張っている菊之助と次郎は襟をかき合わせていた。

「まだやるんですか？」

次郎はさっきから帰りたがっている。

「そろそろいいだろう。今夜はこの辺にしておくか」

菊之助がそういってやると、次郎の顔に安堵《あんど》の笑みが浮かんだ。

久松家の見張りは武家地にあるので、町屋と違って見張り所の選択が容易でなかった。しかも屋敷はゆうに五百坪はある。当然、表門の他に裏口も造られている。

その二つを見張るには苦心が必要だったが、筋向かいの小さな御家人宅が空き家となっており、その庭にひそむことができた。

だが、久松家に出入りする人間は少なく、また出て行くものもかぎられていた。目についたのは、近所の町屋に何度か使いに出た使用人と、裏口の前で女中に愛《あい》嬌《きよう》を振りまいていた魚屋ぐらいだった。

「横山の旦那は裏に何かあるといいましたが、いったいあの家に何があるんですかね」

「さあ、それはわからぬ。だが、秀蔵がそういうのだから何かあるのだろう」

「八丁堀同心の勘ばたらきってやつですか」

「まあ、そういうことだろう」

二人は青山《あおやま》を抜けて高砂町をめざしていた。

空には寒そうな星がいくつもきらめいている。風が吹くと、ひときわ黒い影をかたどっている木々がざわめき、枯れ葉が黒い蝶のように舞い散った。

「菊さん、あの又兵衛とお民って夫婦のことはどうするんです？」

聞かれる菊之助も気になっていることだった。

「久松家は訴えを出していないから不問だろうが、それは番所のことであって、久松家ではどうかわからん。ひょっとすると、久松家に裏があるとすれば、それに関わったことなのかもしれない」

「幸吉は久松家には戻っていないってことでしたね。すると、幸吉はどこに行っちまったんですかねえ」

「……まったくだ」

菊之助は深いため息をついた。

幸吉はいずれ久松家に帰さなければならないだろうが、そのときのことを思うと、育ての親である富蔵とおきんのことが不憫《ふびん》でならない。

だが、幸吉は何としても捜しださなくてはならない。

「次郎、明日も見張ることにするが、仕事はいいのだな」

「何をおっしゃいます。おいらのことより菊さんのほうが大変なんじゃないですか」

「心配には及ばぬさ」

とはいったものの、急ぎの仕事を抱えていた。帰ったら何本かの包丁を研がなければならない。さして手間取ることはないだろうが、そのことを考えると一日の疲れがどっと出てきそうだった。

二人は京橋《きょうばし》の手前で屋台のうどんを食べて源助店に戻った。四つ半（午後十一時）過ぎなので、長屋のどの家にも明かりは感じられず、ひっそり静まっていた。

菊之助は幸吉の家を外から眺めたが、富蔵とおきんも寝ているようだった。ただし、お志津の家に仄《ほの》かな明かりがあった。本でも読んでいるのだろう。

菊之助は訪ねてみたい、顔を見たいという思いを抑えて家に帰った。

そのまま横になるわけにもいかず、蒲の敷物の上に収まり、注文の包丁を手に取った。燭台の明かりに刃をかざし、水盥に一度つけてから研ぎにかかった。

荒研ぎの必要はないので、中砥ぎからはじめた。腕だけに頼らず、上半身の動きを借りて研いでゆく。そうすれば疲れが半減するし、研ぎ面全体に力が配分される。

体を動かすたびに包丁と砥石のこすれ合う音がする。研いでいるときには無心になれるときと、そうでないときがある。

今夜は目を閉じて研いでいても、頭にはいろんなことがうたかたのように浮かんでは消えた。楽しいことならよいが、そうでない辛いことばかりだ。他人のことはいえ、関わりを持った以上無責任なことはできない。

「損な性分《しようぶん》だ……」

思わず言葉が口をついて出、菊之助はひとりで苦笑いした。

それから不意に、秀蔵と昨夜やり合ったことを思いだした。

――おまえはいったい何のために生きているのだ？

あの言葉はひどく胸に応えた。

自分は本当に何のために生きているのだと思うことがしばしばある。こんな裏店に住んで、一生研ぎをつづけるのかと思うと、暗澹《あんたん》とした気持ちになることがある。

本当に、何のために生きているのだ……。

菊之助はふうとため息をついて、包丁の研ぎ汁を半挿《はんぞう》で洗った。

そういえば、こんなこともいわれた。

――人ってえやつは何か目的があるから生きているんじゃないのか。大きかろうが小さかろうが夢ってやつがあるはずだ。

たしかに秀蔵のいうとおりである。返す言葉がなかった。自分はあくまでも禁欲的に質素な暮らしをしている。それはそれで悪くないだろうが、何か物足りなさを感じる。

いや、おれだって目的はある。胸の内で自分にいい聞かせるようにつぶやいた。

求めていることはある。ただ、迷い、模索《もさく》しているだけなのだ。自分でよくわかっていることだった。それに、若くして死に別れた妻・君《きみ》に対する遠慮もある。

だが、もうそれはいいのではないか。あれから何年たつのだと、研いだ包丁を静かに晒《さらし》にくるんだ。すぐには年数が思いつかなかった。つまりもうだいぶ刻《とき》がたっているということだ。

それなら、もう一度妻帯してもよい。いいや、おれはそれを望んでいる。自分の心に素直になれば、妻帯し子をもうけ、そしてもう少しましな暮らしをしたい。

本心だ。

そして、妻にしたい女もはっきりしている。

「……お志津さん」

菊之助はぼんやりした顔で、そうつぶやいた。

六

腰高障子にあわい朝の光があたりはじめた。

「旦那、起きてますか？」

声がしたのは、すでに出かける支度を整えた菊之助が、今まさに大小を手にしようとしたときだった。

誰だと聞くまでもなく五郎七だとわかった。開いていると声を返すと、鉤鼻《かぎばな》を赤くした五郎七が戸を開けた。朝の光が、さっと狭い土間に射し込む。

「何かあったか？」

「へえ、横山の旦那がすぐにでも会いたいそうで」

「どこでだ？」

「江戸《えど》橋そばの茶屋でお待ちです」

「すぐ行く」

そう応じた菊之助は、昨夜仕上げた包丁を脇に抱え持った。明け六つ（午前六時）を過ぎたばかりなので、包丁は次郎に届けさせるつもりだった。

戸口を出ると、具合よく次郎が厠《かわや》そばの家から姿を現した。

「おはようございます。これは、五郎七の兄貴も……」

「ちょうどおまえに頼み事をしに行くところだったんだ」

「へえ、何でしょう」

次郎は乱れた髷《まげ》を直しながら近づいてきた。

「これを届けてもらいたい。おれはこれから秀蔵に会って、又兵衛とお民に会い、千駄ヶ谷に向かう。包丁を届けたら、おまえも昨日のあの家に行くんだ」

「へい、承知。で、どこに届ければ？」

菊之助は届け先の料理屋と貸座敷の名をあげた。

それから五郎七を伴って秀蔵の待つ茶屋に足を急がせた。

江戸の一日は早い。もっとも、日の出の遅いこの時期には、町のものも遅く起きることになるが、照降町《てりふりちょう》を過ぎるころには人の姿が多くなった。この通りには下駄や傘や雪駄などを扱う小店が目立つ。照る日や雨の日に使うものを売る店が多いので、照降町という名がついたらしい。

江戸橋そばの河岸地には、無数の漁師舟が、忙しく出入りしており、獲《と》れ立ての鮮魚が本船町《ほんふなちょう》や本小田原町《ほんおだわらちょう》の魚市場に荷揚げされていた。秀蔵が待つ江戸橋を渡った先の本材木町《ほんざいもくちょう》も大きな魚河岸で、本小田原町と毎月折半《せっぱん》で幕府に魚を上納していた。

「ここだ」

江戸橋を渡ると、広小路の片隅の茶屋から声がかかった。

秀蔵が片手をあげて手招きしていた。この広小路にも毎日市《いち》が立ち、干魚《ほしざかな》や野菜、小間物、化粧品、万百貨《よろずひゃっか》の小店が集中している。

「早速だが、今回の件から手を引く」

開口一番、秀蔵は厳しい顔つきでそういった。

「手を引く……どういうことだ？」

「まあ慌てるな」

秀蔵は湯気の立つ湯呑みを一吹きして茶を飲んだ。

「順繰《じゅんぐ》りに話すが、攫われた幸吉は久松寿三郎宅にいるかどうか不明だ。だが、幸吉こと小太郎は四年前死亡したという届けが出されている」

「死んだと……」

菊之助は眉をひそめた。

「そうだ、実際は攫われただけだが、どういうわけか病死したことになっている。おそらく、家中の不祥事《ふしょうじ》をおおっぴらにしたくなかったのだろう」

「……身勝手すぎる」

憤《いきどお》ったように菊之助は吐き捨てたが、秀蔵はかまわずにつづけた。

「又兵衛とお民のことも家の者以外知らないようだ。もちろん、やつらが盗んだ金のことも伏せてある」

菊之助は小女が運んできた茶に口をつけて、秀蔵のつぎの言葉を待った。秀蔵の声はまわりに聞こえないようにひそめられている。

「久松寿三郎殿が無役になったのは、出世争いに負けてのことのようだ。おそらく誰かに足を引っ張られたのだろう。幕閣内のことはわからねえが、そんなことはめずらしくないようだ。それはともかく、久松殿は返り咲きの運動をしている。本多重直という目付に働きかけて、書院番に戻る道を探っているらしい」

「それと、この件からおまえが手を引くのにどんな関係がある」

「大ありだ。相手は旗本。しかも目付の息がかかっている。下手に町奉行所が動けば、目付はおろか若年寄から苦情が来るのは必至だ。最悪奉行の首が飛ぶばかりでなく、おれも無事ではすまされないだろう」

秀蔵のいう奉行とは、筒井和泉守政憲《つついいずみのかみまさのり》である。江戸府内の「窮民救助対策」に乗りだし、諸問屋の再興を求める建白書《けんぱくしょ》を提出したことで有名な人物だ。この建白書に沿った行動を起こすのが遠山左衛門尉景元《とおやまさえもんのじようかげもと》である。

「お奉行直々《じきじき》にいわれたわけじゃない。吟味《ぎんみ》役から自粛《じしゆく》しろと忠告を受けた。つまり、水が引くように手を引けというわけだ。上役の命令に逆らうわけにはいかねえ」

秀蔵は苦渋の顔で、舌先で唇をなめた。

「だが、おれはこの件を知った以上、見て見ぬふりをすることはできねえ」

「……」

「幸吉は攫われ、そして、もらい子として育てられた。もし攫われなかったら、久松家の若様として育つことができただろう。いずれは、おれたちが手出しのできねえ大旗本だ。ところが、その子は町人の子として育てられ、挙げ句、何ものかに攫われてしまった。そして、生まれた家では死人扱いだ。幸吉はそんなことは何も知らないはずだ。知れば、幼いとはいえ、ひどく傷つくだろう」

「何も知らないまま育つのが、幸吉のためなのはよくわかっている。他人の勝手な思いで自分の人生を翻弄《ほんろう》されているだけなのだからな」

「そういうことだ。殺しの件はともかく、幸吉は何としても捜さなきゃならない。そうすれば自《おの》ずとお道殺しの下手人もあげられると思うのだ。菊之助」

秀蔵の眉がきりりと吊り上がり、表情が引き締まった。

「今度ばかりはおまえ頼みだ。……やってくれるか」

菊之助は静かに秀蔵を見返した。

この辺は以心伝心《いしんでんしん》である。

「おれは御番所のものじゃない。おまえのいう、うらぶれ侍だ。相手が旗本だろうが大名だろうが、やるべきことはやる」

「……頼む。それから五郎七を使え」

そばにいた五郎七は、意志の強い目で力強くうなずいた。

秀蔵と別れた菊之助は、五郎七を伴って神田佐久間町の又兵衛宅に向かった。

すでに日は高く昇っており、垣根から通りにせり出した柿の木で目白《めじろ》がさえずっていた。柿の実は食べごろを過ぎ、熟柿《じゅくし》が目立つようになっている。地面にも枯れ葉といっしょに熟柿が落ちてつぶれていた。

長屋には又兵衛の姿はなく、先の広場でお花を背負ったお民をつかまえた。

硬い表情で接する菊之助に、お民の顔も強ばっていた。

「又兵衛はどこだ？」

「仕事に出ました」

それを聞いて少し安堵した。

「ひょっとすると、逃げたのではないかと心配していたのだ」

「あの人はそんなことをいいましたが、わたしが反対しましたので……」

「それはいいことだ」

「逃げてばかりでは、一生逃げて暮らすことになると考えたんです。もうわたしはそんな暮らしには耐えられません」

お民はときどき見せる毅然《きぜん》とした目でそういう。

「いい心構えだ。だが、又兵衛にもいってやりたいことだが、おまえたちのせいでひとりのいたいけな子供の運命が弄《もてあそ》ばれているのだ」

お民は息を呑んで黙り込んだ。

「だが、おまえたちは悪運が強いようだ。久松家は子供が攫われたことも、金が盗まれたことも届けていない。挙げ句、幸吉こと小太郎は死んだことになっている」

「……………」

「要するに、おまえたちは咎められることはないということだ」

硬かったお民の目に救われたという色が見えた。頬もわずかにゆるんだ。

「だからといって図に乗るんじゃない。おまえたちのやった不届きはちゃんと天が見ている。幸吉が無事に戻ってきたら、改めておまえたちには話をしたい」

お民は瞼《まぶた》を伏せて、承知したという意思を表した。

そのまま菊之助は去るつもりだったが、行きかけた足を止めた。

「ひとつ訊《たず》ねるが、おまえは久松家に武家奉公に行っていたということだったな」

「はい」

「家族はどうしている」

お民は明るい日射しのなかで顔を曇らせ、何かを躊躇《ためら》うように軽く唇を噛んでから、

「……父は御家人でしたが、腹を切りました」

菊之助は厳しい目でお民を見た。

「それはおまえのせいだな」

「……はい」

と、答えたお民の目の縁が赤くなった。なぜ父親が腹を切ったのか、聞くまでもなかった。又兵衛と駆け落ちするように久松家を飛びだし、小太郎を攫い、金まで奪ったのだ。久松家はお民の家族を許しはしなかっただろう。

「いつ、そのことを知った」

「行徳から江戸に帰ってきて間もなくのことです。母も父のあとを追って……」

「……まったく浅はかなことをしたな。ともかくまた来る」

今度こそ菊之助はお民に背を向けた。もっと叱り飛ばしてやりたいところだったが、持っていき場のない怒りは、ひとまず抑えておくしかなかった。

七

久松家の見張り所となっている空き家には、すでに次郎が来ていた。

その空き家は板壁で囲われているが、ところどころ板が剝《は》がれ、地面には雑草が生《お》い茂っていた。雑然と植えられた庭木も枯れかかったり、繁るがままになっている。

蜜柑《みかん》や柿の木にはひっきりなしに鵯《ひよどり》や百舌《もず》がやってきて、鳴き騒いでいた。

次郎は小半刻ほど前に着いたらしいが、とくに変わったことはないという。

「あの屋敷に本当に幸吉がいたらどうするんです?」

次郎が板壁の隙間をのぞきながらいう。

菊之助は久松家の屋根にとまった鳩を眺めていた。

「……そのときは話し合いだろう」

それ以外に方法はなさそうだった。しかし、秀蔵はこの屋敷に幸吉はいないといった。家人の口からそう聞いたのだろうが、真相は定かでない。

昼前に小太りの男が屋敷の表門を入り、すぐに出てきた。目つきのよくない一本差しの浪人風情《ふぜい》だった。

御用聞きの姿も昼過ぎまで見なかったが、屋敷の家僕《かぼく》二人が裏口から出て二手に分かれていった。あとは静かなものである。

近くの旗本屋敷に町駕籠《まちかご》がつけられ、供を連れた屋敷の当主がそれに乗り込み、四谷のほうに去っていった。

中天《ちゆうてん》に昇りつめた太陽は、ゆっくり下りはじめている。

菊之助はここにじっとして見張るだけでは、先に進めないのではないかと考えはじめた。久松家を探るもっとよい手立てはないものかと頭をひねる。

天竜寺の鐘が昼八つ（午後二時）を打ったとき、胸に風呂敷を抱いた年増の女中が裏口から出て、千駄ヶ谷町のほうに向かった。何かの使いだろうが、どこに行くのか気になった。

「次郎、あの女を尾《つ》けろ。どこへ行くのか見届けるんだ」

次郎はすぐに尻を払って立ち上がり、脇道から表の通りに出て女を追った。それからはまた静かな時が過ぎた。雲が出てきてときどき日射しが遮られる。

久松家の女中を尾けていった次郎は、間もなく戻ってきた。

「何のことはありません。仕立屋に縫い物を頼みに行っただけです」

「何か話は聞けなかったか」

「毒にも薬にもならない世間話をしておりました」

菊之助は小さく嘆息《たんそく》して、視線を久松家に戻した。そのとき、さっき出て行った家僕のひとりが帰ってきた。

それから最前《さいぜん》の女中も帰ってきた。風呂敷は持っていないが、折りたたんで懐にしまっているのだろう。

無為《むい》な一日になりそうだと思った。

魚屋の棒手振《ぼてふり》が見張っている板塀の向こうを通り過ぎ、久松家の裏口の前で立ち止まった。昨日見た棒手振と同じである。

久松家が贔屓にしている魚屋だと思われる。声は聞こえないが、裏口の前で愛嬌を振りまいているのがわかる。そのうち、棒手振は屋敷内に消えた。

菊之助はあの棒手振を使えないかと考えた。昨日も今日も久松家を訪ねているのだから、家中のことを何か耳にしているかもしれない。

しばらくして棒手振は表に出てきたが、遠目ながら嬉しそうな素振りである。

いつもより多めに魚を買ってもらえたのかもしれない。

その棒手振が足取りも軽く横道を引き返してきて、見張り所の前の道を曲がっていった。

「ここにいてくれ」

「どこに行かれるんです？」

腰をあげた菊之助に五郎七が声をかけた。

「あの棒手振と話をする。ひょっとすると使えるかもしれない」

菊之助はそのまま裏の道に出て、棒手振を追った。

追いついたのは紀伊《きい》家抱え屋敷の石垣の前だった。

「魚屋、待ってくれ」

声をかけると棒手振は天秤棒といっしょに振り返った。目の大きな、いかにも人のよさそうな若い男だ。

「いやあ、魚でしたら勘弁してくださいまし。たった今売り切れたばかりなんでございますよ。こんな運のいい日もあるんですよ」

棒手振は相好《そうごう》を崩しながら、早口でしゃべった。

いかにも天秤棒が軽そうに見えたが、なるほど盤台《ばんだい》のなかには包丁と俎板《まないた》と檜《ひのき》の枝葉が入っているだけだった。

「それは景気のいいことだ。それでつかぬことを……」

「お侍さんはご浪人ですか？」

棒手振は菊之助を遮っていい、爪先から頭までを舐めるように見た。

「まあ、そうだが……」

「剣の腕前はどうです？　お強いですか？」

「妙なことをいうな」

「へえ、じつはね、さっき魚を一匹残らず買ってくださったお武家様があるんですよ。そこでね、腕の立つご浪人を捜しておりましてね。力になってくれないかと頼まれたんですよ。お侍さんさえよければ、一度腕試しに行ってみませんか」

棒手振が久松家のことをいっているのは明らかだった。

「腕試し……」

「へえ、何でも腕の立つ侍を集めて試合をやるそうなんですよ。それで勝ち残った侍には二十両の金が出るっていうんですよ」

「二十両……」

これは大金である。

家族五人が楽に一年を暮らせるばかりでなく、蓄えさえできる額だ。

「なぜそんなことを？」

「さあ、あっしは詳しいことは聞いておりませんが、とにかく腕の立つ浪人を見かけたら声をかけてくれと頼まれただけですから。お侍さんも行ってみたらいかがです。ひょっとすると大金を懐にできるかもしれませんよ」

菊之助は風に揺れる藪《やぶ》に目を注いで考えた。群生する薄《すすき》の穂が日の光にまばゆく輝いていた。

「いかがです。あっしも頼まれた手前、少しは役に立ちたいですからね。そうでなきゃ江戸っ子の名がすたるじゃございませんか。そうそう、久松様とおっしゃる立派な御旗本なんですよ。いや、あっしのお得意なんですがねえ。どうですかひとつ、お侍さん」

棒手振はこっちが声をかけようとする矢先に、つぎからつぎへと言葉を繰り出してくる。

「それで、いつどこへ行けばよい？」

「明日の朝五つ半（午前九時）に久松様の屋敷ということです。その屋敷はこの道をちょいと戻ってそこを右に折れますとね……」

棒手振は丁寧に道順を教えてくれたが、菊之助はほとんど聞いていなかった。

「よし、わかった。ひとつ試しに行ってみることにしよう」

「さいですか、こりゃいいや。お侍さん、気張ってくださいよ。それじゃ、あっしは知り合いの浪人に会わなきゃならないので……」

棒手振はぺこぺこ頭を下げて行ってしまった。

見張り所に引き返した菊之助は、次郎と五郎七の顔を見るなり、

「見張りはやめだ」

「へっ、どうしてです？」

目を丸くするのは次郎だ。

「明日、久松家で剣術の試合があるそうだ。それに出ることにする」

「剣術の試合……いったいどういうことです？」

五郎七も怪訝《けげん》そうに首をかしげた。

「ともかく試合に臨む。屋敷内のことを知るまたとない機会だ」

菊之助は傾いた日を照り返す久松家の瓦屋根を眺めた。

第四章　裏切り者

一

翌朝、菊之助は五郎七を伴って久松寿三郎の屋敷に向かった。次郎もついてきたが、鮫ケ橋《さめがはし》の手前で、

「次郎、昨日の棒手振を覚えているか？」

「へえ、もちろんです」

「あの男、かなり久松家に重宝《ちようほう》されているようだ。昨日も、その前もやってきたのだから今日も現れるかもしれない。近づいて久松家について知っていることを聞き出してくれないか」

「そんなの朝飯前ですよ。ですが、それではおいらは試合を見ることはできない

んで……」

次郎は期待を裏切られたのか、情けなく眉を下げた。

「おそらく入れてはもらえないだろう。ともかくあの魚屋にうまく取り入ってくれ」

「わかりやした。でも、どこまで知っていますかねえ」

「何も知らないかもしれないが、とにかくあたることだ」

「でも、残念だな。せっかく菊さんと五郎七さんの試合を見られると思っていたのに……」

ぼやく次郎に菊之助は苦笑しながら橋を渡った。

鮫ヶ橋は四谷から千駄ヶ谷に向かう坂下にあり、紀州公中屋敷のそばにある。小川はこの屋敷のなかに流れている。

屋敷前で次郎と別れた菊之助と五郎七は、表門から久松家に入った。

菊之助は両刀を帯びているが、五郎七は落とし差しにした大刀一本だ。秀蔵が五郎七を可愛がっているのは、他の配下につけている小者らと違い剣の腕が並みではないからであった。菊之助はそのことを聞いてはいたが、実際どの程度の腕かはまだ知らない。

「おまえも出てみるか?」

と、昨日聞いたとき、

「是非、やらせてください」

五郎七はふたつ返事で誘いに乗った。

田舎剣法で流派はないが、若いときには相当ならしたらしい。これは五郎七の口から聞いたのではなく、秀蔵の小者から聞いたことであった。

真に実力のあるものは自分の力を吹聴《ふいちょう》しない。だから、菊之助は五郎七はかなりやるのだろうと期待していた。

久松寿三郎の屋敷に入ると、すでに幾人かの浪人らの姿があった。早くも敵意に満ちた険悪な目を菊之助と五郎七に向けてくる。

「まずはこちらへ、お名前をお聞かせください」

久松家の中間《ちゅうげん》が、試合に出るものを縁側に呼んで記帳をさせた。

「記帳がおすみになった方は今しばらくお待ちください」

菊之助と五郎七は庭の隅《すみ》に控えた。

秋晴れの穏やかな日で、さわやかな風が流れていた。

庭の隅には築山《つきやま》が配されており、色づいた楓《かえで》や山紅葉《やまもみじ》が見られ、その下では白や黄色の菊の花がほころんでいた。

菊之助が庭の隅に控えたあとで、八人の侍がやってきた。いずれも浪人とおぼしきものばかりだ。総髪《そうはつ》のものがいれば、髭《ひげ》もじゃの男もいた。

賞金二十両を稼ごうというのか、誰もが先に来ていたものたちや、いっしょに入ってきたものたちと、早くも火花を散らしている。

身なりのきちんとしたものは二、三人に過ぎず、いずれも菊之助同様にうらぶれた身なりのものばかりだ。

昼四つ（午前十時）の鐘が聞こえたとき、久松家の前庭には十六人の侍が顔を揃えていた。

袴《はかま》の股立《ももだ》ちを取り、襷《たすき》をかけた久松家のものが庭に現れ、縁側に久松寿三郎が座した。

菊之助は寿三郎の顔をじっと眺めた。

当年とって三十一歳だと聞いているが、年より少し若く見えた。面長で色白、鼻筋が通った一重まぶたの細い吊り目である。そのうしろに、花模様の打ち掛けを着た妻と思われる女が静かに座った。

「それでは試合をおこなう」

久松家のものが声を張った。

「拙者は、本日の勝負の判定をおこなう、当家の指南役を預かっておる大川《おおかわ》鋳太《いた》郎《ろう》と申す。勝負はすべて一本で決める」

試合に臨む者たちは互いの顔を見合わせた。

「さらに、素面籠手《すめんこて》なしとする。使うのは木剣《ぼっけん》であるが、長さはいくつかあるので、好きなものを使ってかまわない」

隣に立つ小者が、木剣の束を地面に敷かれた筵《むしろ》に広げるように置いた。

「立ち合いによって怪我をしても、当方は一切あずかり知らぬ。怪我をしたくなければ、この場で立ち去るがよい」

参加者の数人が声をかわした。いずれも素面籠手なしを気にしているようだ。

「おまえはどうする？　怪我を承知でやるしかないぞ」

菊之助も気になって五郎七に声をかけた。

「かまいませんよ」

五郎七は落ち着いた顔で返事をした。木剣とはいえ、素面籠手なしであるから、下手をすれば骨折どころではすまなくなる。

ざわついた声は短かったが、ひとりが遠慮すると立てば、それに二人がつづき、さらにひとりがつづいて庭を出て行った。これで試合参加者は十二人に絞られた。

「……他にはおらぬか？　怪我をしたくなければ今のうちだ」

退席した者たちが門を出て行ったのを見て、大川が参加者に再度訊ねた。

席を立つものはいなかった。

「よかろう、それではじめる。まずは……」

大川は参加者が記帳した帳面を受け取って、最初の対戦者の名を読みあげた。

若林《わかばやし》彦右衛門《ひこえもん》、人見由次郎《ひとみよしじろう》。

若林は身なりの整った侍である。対する人見は熊のような大男だった。

両者同じ長さの木剣を選び、向かい合った。

「はじめッ！」

大川の声で二人は剣先をふれあわせ、互いの間合いを取りはじめた。人見は大上段に構え、若林は青眼《せいがん》で応じた。

「とおっ」

声を発するのは大男の人見だ。踏み込もうとするが踏み込めずにさがる。若林は雪駄をうしろに飛ばし脱ぎ、爪先で地面を噛みながらじりじりと間合いをつめる。

菊之助は二人が蹲踞《そんきょ》の姿勢から立ちあがった時点で、勝負は決まったと思った。人見は体の大きさを生かし切れず、相手を威嚇《いかく》するのみで、大事な腰が据わっていない。

菊之助は縁側に座す寿三郎を眺め、他の家中のものにも目を配った。家僕や女中などの奉公人を合わせても七人。

それに審判役の大川鋳太郎を入れて八人。家族はどうだと見るが、幸吉こと小太郎らしき姿は見えない。それに妹がいるはずだが、その姿もない。試合を見せずに奥座敷で遊ばせているのかもしれない。

「とりゃ!」

胴間声《どうまごえ》といっしょに人見の大きな体が動いたその瞬間、若林の右足が流れるように前に伸び、つづいて青眼に構えていた木剣が横に強く振り切られた。

どすっと、鈍い音がすると、人見の大きな体が二つに折れ、そのままどうと地に倒れた。口から泡を吹き、目を白黒させてうめいた。

「勝負ありッ!」

大川が若林のほうに片手をあげた。

その後、長井《ながい》、三橋《みつはし》、島田《しまだ》、石川《いしかわ》という浪人らが立ち合い、参加者がふるい落とされていった。負けたものは即刻屋敷外に出され、参加者の数が減ってゆく。

五郎七の番がまわってきた。

対戦するのは小野萬三郎《おのまんざぶろう》という長身痩軀《そうく》の男だった。

五郎七は一礼すると、腰にためていた短めの木剣を、するりと前に突き出すように構え、つづいて脇に構えなおした。

菊之助は「やるな」と、心中でうなった。五郎七の肩に無駄な力が入っていないからである。しかし、相手の小野は五郎七の打ち込みを、体をしならせてかわすなり、鋭い突きを入れてきた。

五郎七は紙一重でそれをかわし、反撃に転ずるが、足許からすくいあげた木剣をがっちり受け止められた。両者の体が接近し、しばしの押し合いとなる。

五郎七は鉤鼻を赤くして、小鼻をふくらまし、奥歯を嚙みしめている。背は高くないが肩幅が広く、骨太の脚には隆《りゅう》とした筋肉が盛りあがっていた。その五郎七の剣を、長身痩軀の小野が上からぎゅうぎゅうと押さえ込んでくる。

菊之助は両者互角と見た。

と、その瞬間だった。小野の体が素早くうしろに飛びすさったのだ。さがりながら面を狙って木剣を打ち下ろしてくる。菊之助は眉をひそめ、五郎七が打たれると危惧《きぐ》した。

だが、そうはならなかった。五郎七は相手に下がられたのを利用して、まさに体当たりをするようにぶつかっていったのだ。

小野の木剣は間合いを外して空《くう》を切ったが、五郎七の木剣は相手の鳩尾《みぞおち》を強く突いていた。

「うげっ」

小野は蛙《かえる》が踏みつぶされたような奇妙な声を漏らし、そのまま膝からくずおれてうずくまった。

「勝負ありッ」

大川の手が五郎七に上がった。

菊之助が帰ってきた五郎七に声をかけたとき、自分の名が呼ばれた。

「やるな……」

二

菊之助の対戦者は、塩川弥十郎《しおかわやじゅうろう》というやけに色の黒い男だった。着ているものも鼠《ねずみ》色の着流しで、目立たない地味な男だ。

だが、感情の読めない奥まった目には、陰湿な針のような光があった。

二人は一間《けん》半（約二・七メートル）の間合いを置いて立ちあがった。菊之助はすうと息を吸い、まずは相手の動きを見ようとその場で身じろぎもしない。

塩川は爪先で地面をつかむように間合いを詰めてくる。互いに青眼である。

菊之助は相手に気取られないように、静かに息を吐いた。塩川はなおも間合いを詰めてくる。その差が半間になった。木剣を握る塩川の手に、わずかな力が込められた。

菊之助はなお動かない。風が鬢の乱れ毛を揺らした。

庭の木で百舌が鳴いたとき、塩川の足が地を蹴って打ちかかってきた。菊之助は半身でそれをかわすなり、背中を見せる恰好になった相手の右肩に木剣を打ち下ろした。

塩川は振り返ろうとしたが、わずかに間に合わず、肩を打たれた衝撃で手にしていた木剣を落とし、片膝をついて、

「……ま、まいった」

と、声を漏らした。

試合は六人に絞られ、対戦者が決まった。

最初に立ち合ったのは五郎七で、相手を難なく打ち倒した。あたりがよすぎたのか、相手は肋骨《あばらぼね》を折ったらしく、戸板に乗せられて屋敷外に運ばれた。

つぎは菊之助である、相手はなかなかの手練《てだ》れで、塀際に追い込まれるという一幕もあったが、脇腹に一撃を与え、さらに右腕に強烈な打ち込みをかけて勝負がついた。

最終的に三人が残った。菊之助、五郎七、そして三橋惣一郎《そういちろう》という男だった。

十六人の無頼の浪人らがひしめいていた庭は、今は閑散としており、小休止が与えられた。

菊之助らは水で喉の渇きを癒し、試合再開を待った。

その間に審判の大川鋳太郎は、縁側に控えている久松寿三郎と声をひそめて念入りな話をしていたが、やがて三人のところにやってきた。

「殿はいっそのこと三人を雇い入れてもよいと仰《おお》せられているが、せっかくのことであるから誰が一番の勝者になるか見たいともおっしゃる。異論はあるまいな」

「異論などあるはずがなかろう」

吐き捨てるようにいったのは三橋惣一郎である。

「おまえたちもよいな」

「お待ちください。今、雇い入れると申されたが、今日の試合はそのためにおこなわれたのでありますか？　拙者は賞金二十両が出ると聞き、それで今日の試合に臨んだのでありますが……」

菊之助は慇懃《いんぎん》な武家言葉を使って大川を見あげた。

その大川のこめかみの皮膚がヒクと動き、

「賞金二十両は約束だ。たしかに雇い入れると申したが、それはこれからの話し合いで決める。詳しいことはあとだ」

菊之助はそれ以上口を挟まなかった。

いずれ、今日の試合の趣旨《しゆし》はわかるはずだ。だが、その前に隣にいる三橋惣一郎に勝たなければならない。この男がかなりの剣の熟達者だというのは、これまでの試合を見ていてわかっている。

もし負ければ、久松寿三郎家の裏に何があるのか、探り出すのが難しくなる。

頭上を数羽の鴉《からす》が鳴きながら渡っていった。

「それでは支度をしてもらおう。はじめに三橋惣一郎殿、それから山川《やまかわ》五郎七殿」

五郎七に姓はない。だが、それでは恰好がつかないので、単純に「山川」と一時しのぎの姓をつけていた。

この試合は立ち合うまでもなく、五郎七の負けだと菊之助にはわかっていた。だが、五郎七がここまで勝ち残るとは予想外のことだった。

三橋の剣は一見荒っぽく見えるが、基本動作がしっかり身についており、挙動に隙が見えない。それに剣筋がたしかで、腕や足の動きに乱れがない。それでも菊之助はわずかな弱点を見つけていた。

五郎七と三橋の試合は案の定、すぐに決着がついた。

相手の隙を見いだせず、焦って打ち込みにいった五郎七は、足を払われ、無様《ぶざま》にも地面に倒れてしまった。三橋はとどめの一撃を、五郎七の首をばっさり斬るように、木剣を振り下ろした。

見ていた菊之助は、はっと顔を強ばらせ、思わず尻を浮かした。

風切り音を立てる木剣は、一撃で五郎七の首の骨を粉々に砕いてしまうに違いない。いや、骨を砕くと同時に命を奪ってしまうだろう。

何とかしなければと思ったが、間に合うはずがなかった。だが、菊之助は冷や汗を流しただけで、ほっと胸をなで下ろしていた。

三橋は五郎七の喉元紙一重のところで、ぴたりと寸止《すんど》めをしていたのだ。

危機を感じた五郎七は体を硬直させ、その顔に恐怖の色を張り付けていたが、助かったと思うや大きな安堵の吐息をついた。負けを素直に認め、戻ってくるときの顔は青ざめ、足はよろめいてさえいた。

「それでは、荒金殿」

大川に促された菊之助は、静かに三橋と対峙《たいじ》した。

これまで対戦してきた者と明らかに三橋は違った。均整のとれた体格、鑿《のみ》で削ったような荒々しい武人を連想させるその双眸《そうぼう》は、鷹のように鋭く光っている。

菊之助は脇に構えて静かに右にまわった。三橋がそれに合わせて動くが、無闇に打ち込んでは来ない。

先に打ち込ませるのだ。

菊之助は胸中でつぶやき、相手を誘い込むために、上段に構えなおした。これで懐ががら空きになった。だが、三橋は間合いを取ったままで、打ち込む素振りを見せない。

この男、おれの出方を見たいのか……。

菊之助は上段に構えたまま前に進んだ。一寸か一寸半の動きだ。青眼に構えている三橋の手に力が込められ、そしてゆるめられる。

「とおっ」

誘うように軽く突きを入れてみた。引っかからない。

それならもう一度と、菊之助は突きを入れると見せかけ、そのまま胴を抜きにいった。初めて三橋が動いた。下がりながら菊之助の籠手《こて》を叩きに来たのだ。遅かったかと、奥歯を嚙んだ菊之助だが、素早く半身をひねることでかろうじてかわしていた。しかし、そのことで体勢が崩れた。

三橋が見逃すはずがなかった。逆に胴を撃ち抜く動きをした。菊之助は素早く相手の木剣を払い、つづいて逆袈裟《ぎやくげさ》に振りあげた。

虚をつかれた三橋の体がうしろに泳いだ。この一瞬を逃してはならなかった。三橋は一挙動に隙は見せないが、その動きが連動したときに脇が甘くなる。充分に腰を落としていた菊之助は、大きく前に跳躍するなり三橋の腰のあたりに木剣をたたきつけた。

「うっ……」

うめいた三橋は信じられないことが起きたときのように目を見開いた。その顔には羞恥《しゅうち》と怒りがない交《ま》ぜになっており、ついで目を血走らせた。戦いは頭に血を上らせたものが必ず負ける。

菊之助の一撃は充分でなかったので、三橋は自制心をなくしたまま撃ち込んできた。このとき菊之助は静かな心で、体を右に開きながら相手の肩に痛打を与えた。

「それまでッ。勝負ありッ！」

大川の手が菊之助にあげられた。

三

菊之助と三橋の決着がつくと、審判役の大川は寿三郎のもとに行き、短いやり取りをして戻ってきた。

「殿のご意向で、荒金菊之助殿と三橋惣一郎殿を雇うことにする。山川五郎七殿には引き取っていただこう」

「お待ちください」

声をかけたのは菊之助である。

「先ほど大川さんは、殿が三人を雇い入れてもよいと申されたといわれました。山川はわたしの連れで、役に立つ男です。残していただけませんでしょうか」

大川はしばらく菊之助を眺めてから寿三郎のもとに行った。

「荒金さん……」

五郎七が声をかけてきたが、菊之助は首を横に振って何もいうなと目でいい聞かせた。

大川はすぐに戻ってきた。

「よかろう。荒金殿は今日の勝者であるし、言い分を聞き入れよう。それでは座敷にあがってもらおう」

前もって打ち合わせがすんでいたらしく、こちらですとそばに控えていた中間が家のなかに案内してくれた。

通されたのは玄関から長い廊下をつたって行った奥の座敷だった。障子は閉め切られていたが、外の光があわい明かりとなって座敷のなかを満たしていた。

茶でもてなされると、久松寿三郎と大川鋳太郎がやってきた。

大川は座敷の隅に控えただけだ。上座に腰をおろした寿三郎は、三人の顔をゆっくり眺め、口許に笑みを浮かべた。

「楽しませてもらったぞ。これは約束の金である」

寿三郎は袖のなかから取りだした金包みを、菊之助の前に差し出した。遠慮なく懐にねじ込む。

「そこで三人に残ってもらったのには、相談があってのことだが、そのほうらをしばらくの間雇い入れたいが、いかがであろうか」

寿三郎は赤く薄い唇の端に笑みを浮かべた。

「それはこの屋敷に抱えられるということではないのですね」

聞いたのは三橋だった。菊之助は胸を騒がせていた。久松寿三郎が本題に入れば、この家中で何が画策《かくさく》されているかがわかるはずだ。

「召し抱えるのではない。しばらくそちたちの身を、このわしに預けてもらいたいということだ。都合が悪ければ申せ」

「雇われる期限をお聞かせ願えますか?」

またもや三橋だった。

「今日を入れて三日のみだ。役目を終えたら、これまでどおり当家とは何の関係もないということにしてもらう。もちろん、その間の役料《やくりよう》はきちんと支払う。前金で十両、無事にことを終えたあかつきに十両」

都合二十両が三日間でもらえることになる。これは相当割りのいい仕事である。

五郎七が目の色を変えたのがわかった。三橋も話に興味を示すように身を乗りだした。

「ただし、身の危険を伴うことは覚悟してもらうが、如何《いかが》する」

「お受けします」

まっ先に応じたのも三橋だった。

菊之助も受けるといい、五郎七もそれにつづいた。

「それではこれからの話は内密に頼む。他言《たごん》は絶対にならぬ。武士としてこの約束を守ってもらわなければならぬ。……約束だぞ。武士に二言《にごん》はないぞ」

「受けるといった手前、拙者は口が裂けても他言などいたしません。どうかご安心を」

三橋はそういって目を輝かせた。

「そのほうらは……」

寿三郎の目が菊之助と五郎七に向けられた。

「右に同じく」

菊之助が答えた。

「……右に同じく」

五郎七も菊之助にならった。

寿三郎は扇子を開き、そして閉じて少しの間を取った。菊之助はどんな話が聞けるのかと、心を高ぶらせた。

一瞬、静寂の訪れた座敷に、表で鳴く鴨の声が流れてきた。

「じつは当家にとって一大事が起きている。一大事とは家中に裏切りものが出たということだ。このものは、父の代より当家の用人をやっておった草間新之輔と申すもので、先般家中で不始末をしでかし放逐《ほうちく》したのだが、よりによってこのわしを脅しにかかっている。そのことを口にするだけで虫酸《むしず》が走る」

寿三郎は口をゆがめ、扇子を強く握りしめた。

「さらには当家の嫡男であった小太郎という子供がいる」

菊之助は息を呑んだ。ついに小太郎の名が出た。

「この子は生後間もなく、この家中の使用人に連れ去られてしまった。お家の一大事であるから、血眼《ちまなこ》になって捜したのはいわずもがな。だが、見つけることはできなかった」

寿三郎は小さなため息をついてつづけた。

「ところが、裏切りものの草間がこの子を見つけ、不届きにも金三百両と引き替えにするといってきおった。わしは裏切り者に三百両などという大金を払う気はないが、戻ってこないと思っていたわしの血を分けた子を見殺しにはできない。ついては小太郎を救いだし、裏切り者の草間を成敗《せいばい》してもらいたい。そのほうらを雇うのにはそのようなわけがあってのことだ。わしの頼み聞き入れてくれるな」

「……その草間という男は、どんな不始末を？」

聞いたのは三橋であった。

「あろうことか、わしの出世のための根回しと偽り、家中の金を着服しおったのだ。まったくもって不届き千万《せんばん》である」

「とんだ裏切りでございますな」

三橋は同情するようなつぶやきを漏らした。

「やつは誤解だ、そのようなことはないと言い訳をしおったが、根回しのために金が使われたとは思われぬ。恥を忍んでいうが、わしは三月前に御書院番から小普請組に格下げされてしまった。このままでは先祖への顔向けができず、立つ瀬もない。ついては返り咲かねばならぬ。そのための段取りも着々と進み、もう一歩のところまで来ておる。ところがその矢先に、草間のたわけがいらぬ面倒を起こしおったというわけだ」

「話はおおむねわかりましたが、ひとつお訊ねしたいことがあります」

菊之助だった。

「何だ？」

「殿は御嫡男を取り戻されたら、この家でお養いになるのですか？」

寿三郎は口を引き結び、小さく首を振った。

「小太郎は我が子ではあるが、跡継ぎとして迎えるわけにはまいらぬのだ。あの子が連れ去られ、戻ってこないとわかったときに死別の届けを出しておる。そうでもしなければ体面が保てなかったのだ」

「苦衷《くちゆう》お察しいたします」

三橋である。

「しかし、跡継ぎがおられないとお困りになるのでは……？」

「幸い娘がいる。これに婿を取らせる段取りをしておったのだが、思いも寄らぬ話が舞い込んできてな。ある御目付の次男を養子として迎えることになっておる。これは草間の裏切りが露見《ろけん》したあとで決まったのだが、そのことでわしは御書院番に返り咲くことができそうなのだ」

すべては自分の出世のためということか……。菊之助は内心でため息をついた。

「御目付のご次男を養子にすることで、小太郎殿の扱いはどうなります」

「……ふむ、それが頭を悩ますところなのだが、それは救いだしてからじっくり考えようと思う」

「これまでも小太郎殿はお捜しになっておられたのですね」

菊之助は寿三郎にまっすぐな視線を向けた。

「ひそかにではあるが、そのことは草間にまかせきりであった。それが、あの草間が裏切り、養子の話が決まったあとで、小太郎が見つかったのだ」

落胆と苦悩の色を浮かべていた寿三郎は、表情を引き締めて菊之助らを改めて見た。

「ともかく、そのほうらの力を頼るのみだ。久松家の進退もかかっておるゆえ、大きな騒ぎになっては困るのでな」

「それで、その草間という男はどこにいるのです?」

三橋だった。

これは大事なことだ。

「金の用意ができるのが、今日を入れて三日といってあるが、その取引の段取りは、先方から改めて知らされることになっておる。できればその前に、あやつの居所を探り出し、一網打尽《いちもうだじん》にできればよいのだが……小狡《こずる》いやつでな」

「それでは、その知らせを待たなければならないということですね」

「そういうことだ」

「草間について少し申しておこう」

話に割り込んできたのは、部屋の隅に控えていた大川だった。

全員が大川に顔を向けた。

「草間新之輔という元用人は、算盤《そろばん》勘定ばかりでなく、中西《なかにし》派一刀《いっとう》流の免許皆伝で、これまで屋敷に入った賊を何度か斬り倒している、なかなか肝の据わった男だ。こちらはわたしを入れて四人だが、油断はできぬ。そのことを心しておけ」

菊之助と五郎七が顔を見合わせてうなずくと、またもや三橋が口を開いた。

「殿、ひとつご相談があります」

「何だ？」

「これまでの話は納得いたしましたが、よくよく聞けばこれはかなり危ない仕事ではございませんか。いや、拙者はこの身を賭《と》して小太郎殿をお救い申しあげ、草間という裏切り野郎を見事打ち倒して進ぜましょう。しかし、危ない仕事のわりには、その役料が二十両というのはちと安すぎるような気がするのですが……」

「もう少し上げろと申すか？　よいだろう。命がけの仕事になるやもしれぬからな。それなら、ことを丸く収めることができたあかつきには、もう二十両上乗せすることにする」

最初からそのような計算をしていたらしく、寿三郎はあっさり承諾した。三橋はもう少し値をつり上げたいような顔をしたが、

「家中もいろいろと物入りなのだ。その辺の事情も察してくれ。都合四十両は決して安い金ではないと思うが……」

大川が諭《さと》すようにいったので、三橋はそれで納得したように黙り込んだ。

「話はそのようなことでよいか？」

寿三郎が菊之助らに問うた。誰も異議は唱えなかった。

「今日は帰ってもらうが、明日よりこの家に寝泊まりしてもらう。そのつもりで明日より、この屋敷に詰めてくれ」

「前金はいつお渡しいただけます？」

三橋である。

「明日だ」

寿三郎は短く答えて、腰をあげた。

四

「とんだことになりましたね」

久松家の屋敷を出るなり、五郎七が肩をすくめた。

「厄介なことになってはきたが、これで幸吉がどうなっているかわかった。秀蔵が久松家の裏に何かあるといったこともわかった」

「しかし、用人に裏切られるとは……」

「飼い犬に手を嚙まれたようなものだから、あの殿様の腹の虫が治まらないのはよくわかる」

旗本に仕える用人は、家中の出納《すいとう》をあずかり雑務一般を取り仕切るだけでなく、何かと主君に助言をし、ときに主君の代わりとなって祝いの席や弔《とむら》いに出ることもある。用人次第で旗本の栄華《えいが》は決まるといわれるほどの重職だった。

「それにしても、あの三橋という男、ずいぶんがめついことをいいますね」

「……性分《しょうぶん》なんだろう。それより腹が減った。どこかで飯を食おう」

「そうしましょう」

二人は櫟《くぬぎ》と竹の枯れ葉で敷き詰められた道を進み、千駄ヶ谷八幡前の飯屋に入った。

この辺は江戸の外れで、野や畑が多いが、入った店は八幡様の参詣客を当て込んでいるらしく、品書きが豊富であった。

主が思いもよらず鳥雑炊《ぞうすい》を食わせてくれるというので、二人はそれを注文した。出てきた丼には、鳥のぶつ切りの他に日干し大根が入っており、それに小葱《こねぎ》の刻みがふりかけられていた。味噌味だが、これがまことに食欲をそそった。

腹を空かしていた二人は、ものもいわずあっという間に平らげてしまった。昼下がりなので、客は菊之助と五郎七の二人しかいなかった。

亭主は手持ちぶさたなのか、表の長腰掛けに座って煙草を喫んでいた。開けられた蔀戸《しとみど》の向こうで、椎《しい》の木林が風に揺れていた。

「それにしても、うまく行きますでしょうか」

「うむ。話を聞くかぎり草間という男、一筋縄ではいかないようだな。だから加勢を頼むために、あのような試合をおこなったんだろう。だが、ここで引くわけにはいかぬ。草間はともかく、幸吉のことがある」

「このことは、富蔵とおきんには……」

「幸吉を救いだすまでは黙っていたほうがいいだろう。それに久松の殿様も幸吉の扱いをどうしようか迷っているようだ」

「荒金さんはどう思います？」

五郎七はそういって爪楊枝《つまようじ》で、歯をせせった。

「……何ともいえぬ。幸吉のことを考えれば、どっちに行ったがいいのか……幸吉の気持ちを考えれば、富蔵の家に戻るのが一番だろうが、久松家で大事にされるのであれば、それはそれでいいことだろうし、ともかく明後日《あさって》には、そのことをはっきりさせなければならない。それに、幸吉を救いだすのが何より大事なことだ」

「おっしゃるとおりで……」

二人はしばらくして、その店を出た。

千駄ヶ谷に来るときには四谷仲町から鮫ヶ橋の通りを抜けてきたが、帰りは青山を抜けて帰ることにした。

次郎が表で待っているかと思ったが、姿はなかった。

菊之助はそのことが気になっていたが、長屋に帰れば会えるだろうと考えた。もしくはあの魚屋を捜しきれないでいるのかもしれない。

畑のなかを縫う小川沿いに歩いていると、枝のわたり三間（約五・五メートル）はある松が見えてきた。竜岩寺《りゅうがんじ》という寺の境内からせり出している、土地のものが「笠松《かさまつ》」と呼んでいる銘木《めいぼく》だった。

小川に架かる土橋を渡り、竜岩寺脇に来たときだった。口に薄《すすき》の穂をくわえた男が、寺の裏階段からぬっと姿を現した。

三橋惣一郎だった。

「明日まで会えぬとあきらめかけていたところだが、こっちの道に来てくれたか」

「何か用か？」

応じた菊之助に、三橋はくわえていた薄の穂を、ぷっと吹き飛ばした。

「荒金、さっきはおぬしに負けたが、あれは木剣でのこと。真剣で立ち合ってもらおうか」

「馬鹿なことを……」

菊之助はかまうつもりはなかったが、三橋はするりと刀を抜き払った。

「冗談でいってるのではない」

三橋は凶悪な目を光らせ、刀の切っ先を菊之助の喉に向けた。菊之助は思わず刀の鯉口《こいぐち》を切った。三橋の体に殺気を感じたからである。

「大事な用の前だ。くだらぬことで絡むんじゃない」

「何がくだらぬことだ。おれには大事なことだ。人の前で恥をかかされたのだからな。それに、おまえがいらぬことをいうから、おれの取り分が減ってしまった。おれにいともあっさりと負けた山川を取り立てることなどなかったのだ。その分を取り返すために、おまえと勝負だ」

「くだらぬ……」

「やっ」

三橋は菊之助の言葉を遮るなり、斬りかかってきた。避《よ》ける暇がなく、菊之助は袖の一端を斬られていた。

「本気でやるつもりか？」

「こんなことが冗談でできるか。木剣と真剣の違いを教えてやる」

またもや三橋は斬撃《ざんげき》を送ってきた。地面と水平に動かす足と同じように、刀を振り抜いたのだ。菊之助はかろうじて見切り、うしろに一尺（約三〇センチ）ばかり下がったが、愛刀の藤源次助眞《ふじげんじすけざね》を抜き払っていた。

両者の刀が秋の日射しをきらりと弾いた。

「荒金さん……」

五郎七が緊張の声をあげた。

「おまえは下がっていろ。どうやらこの男は正気ではないらしい」

「しゃらくさいことを」

吐き捨てた三橋は、青眼に構えた刀をゆるやかに上段にあげるや、電光の速さで袈裟懸けに振ってきた。

風が鋭利な刀で引き裂かれ、うなりを発した。

菊之助は刀の峰で三橋の刀を払うや、寺の石垣を背にして青眼に構え直した。

雲の裂け目から斜めに射す日の光にわずかに目を細め、三橋のつぎの動きを待った。

柄《つか》を握る指にじわりと力を入れ、そしてゆっくりゆるめる。右足を半寸（約一・五センチ）動かし、足場を固めた。その間、一瞬たりとも三橋から目を離さない。

対する三橋は、口許にいたぶるような笑みを浮かべ、右に動くと見せかけ左から刀を振り下ろし、即座にうしろに跳ね飛んだ。

「……余興《よきよう》はこれまでだ」

そういった三橋の体から急に殺気が消えた。

菊之助は眉間にしわを刻んで、

「おのれ、からかったのか……」

「ちょいとおまえの真剣での腕を試したかったのよ。悪く思うな。おれたちは明後日まで仲間でいなきゃならない。その先はどうなるかわからんがな。ふふ……荒金、おもしろかったぜ」

三橋は刀を鞘《さや》に納めて、五郎七を見た。

「山川、おまえはおまけみたいな男だが、しくじるでないぞ。それじゃ、明日だ」

さっと背を向けて三橋は千駄ヶ谷のほうに去っていった。

「あの野郎……」

五郎七が口をゆがめて、三橋の背中をにらみつけた。菊之助も同様に三橋の姿を見送りながら刀を納めた。

「あの男……自分の腕に自惚《うぬぼ》れすぎている……」

五

千駄ヶ谷から高砂町の菊之助の家まで、最短でもゆうに二里（約八キロ）はある。源助店に着いたころには夕闇が下りはじめており、紫紺《しこん》色の空を一群の鳥たちが、くわんくわん鳴きながら飛んでいた。

今年も雁《かり》が来たのかと、菊之助は空を見ながら思った。

「菊さん」

木戸口で声をかけられ、振り向くとほんのり頬を染め、鬢のあたりを濡らしているお志津だった。手拭いの入った湯桶《ゆおけ》を抱え持っていた。

「湯屋の帰りですか？」

「ええ、菊さんは？」

お志津はいつもと違う菊之助のなりを見て、二度ばかり目をしばたたいた。腰には大小も差しているので、奇異《きい》に思ったのかもしれないが、菊之助が御家人でありながら研ぎ師をしていることは、他の長屋の住人同様承知していることだ。

「近ごろ仕事はお休みのようですが、何か大事な御用でも……」

「ちょっとした野暮用がありまして、仕方なく出かけているんです」

「それじゃ、手の離せない大事な御用なんですね」

「まあ……」

詳しく話すことができないので、言葉を呑むしかない。すると、お志津は火照《ほて》った頬に、かすかな笑みを浮かべ、ひょいと肩をすくめ、

「冷えてまいりましたね。風邪を召されないようにしてください」

「お志津さんも」

瞼を軽く伏せてお志津は去ろうとしたが、ふと何かを思いだしたように立ち止まって、

「余計なことだったらお許しいただきたいのですけれど、危ないことはしてほしくありませんわ」

菊之助は見透《みす》かされているような気がして、どきりと心《しん》の臓《ぞう》を震わせた。

「いや、そんなことは……」

「ごめんなさい。差し出がましい口を利いて……」

それじゃと、お志津は下駄の音をカラカラいわせて去っていった。菊之助はしばらく、その後ろ姿に見惚《みと》れたように立っていた。

おれのことを心配しているのか……。ひょっとすると、おれのやっていることをうすうす気づいているのかもしれない。

自分の家に入ると、燭台《しょくだい》に火を点《とも》して一息ついた。住み慣れた家に帰ると、一日の疲れがどっと押し寄せてきた。しばらくぼんやりしながら、お志津のことを考えた。

もし、同じ屋根の下に住めるようになったら、どんな夫婦になるのだろうか？いや、それより相手の気持ちをたしかめるのが先だ。一方的な思いに頭を悩ませていても埒《らち》は明かない。しかし、自分が思っているように、お志津が思っていなかったなら……。そのときのことを考えると怖くて聞けたものじゃない。このままの関係が一番よいのかもしれないが、このままでは物足りないのも事実だ。

そんなことを考えながら、我知らず砥石や注文の包丁を片づけていた。長屋の路地では仕事帰りの亭主や、夕餉《ゆうげ》の支度をしている女房連中の声がしていた。

そんな声にまじって、戸口で「菊さん」という次郎の声がした。

「開いている。入れ」

答えると、がらりと戸が引き開けられ次郎が入ってきた。急いで戻ってきたのか、汗ばんだ顔をしていた。

「試合のほうはどうなりました？　例の魚屋をつかまえて久松さんの屋敷に行ったら、ばったりあの家の女中に会いましてね。それで試合のことを聞くと、とっくに終わったというから急いで戻ってきたんです」

「おれと五郎七が残った」

「へえー」

次郎は目を瞠《みは》って感心したようにうなった。

「さすがおいらのお師匠さんだけある。菊さんが負けるなんてことあるわけないもんな。でも、五郎七の兄貴も残ったなんてすごいじゃないですか」

「あいつの剣法は我流だが、実戦慣れしているから気迫で相手を押し込めるんだ。隅に置けない男だ」

「だから横山の旦那が大事にしているんですね」

「もうひとり残ったものもいるがな。それで、おまえのほうはどうだった？」

「へえ、あの魚屋、ぺらぺらしゃべる割りには何にも知らねえんです」

菊之助はわずかな期待はしていたが、予想どおりの結果であった。

「まあそんなもんだろう」

「だけど、あの試合はおおっぴらに浪人たちを集めたわけじゃないですね。久松家に出入りする御用聞きや、家のものを使ってこっそり集めていたようです」

菊之助はぬるくなった茶で唇を湿らせた。

「……それはおそらく、相手に悟られたくなかったからだろう」

「相手にって、どういうことです？」

目を丸くした次郎は、這うようにして部屋にあがってきた。

「その前に、幸吉は生きている」

「それじゃ、見つけたんですか？」

「そうじゃないが……」

一度言葉を切って、青臭さの取れない次郎の顔を見つめた。話していいものかどうか逡巡《しゅんじゅん》したが、

「ここまで付き合わせて、おまえに話さないのは酷《こく》だろうな。だが、すべてが終わるまで他言するな」

「へえ、そりゃもう」

菊之助は久松寿三郎から聞いたことをかいつまんで話してやった。次郎は真剣な眼差《まなざ》しで、その話に耳を傾けた。

「すると、その草間って裏切り野郎を始末しなきゃ、幸吉は取り戻せないってこ

とですか?」

「それはこれからの成り行き次第だが、何としてでも幸吉を救いださなければならない。今回はそれがもっとも大事なことだからな」

「ごもっともで。でも、うまくやれそうなんですか?」

「簡単でないから、久松家は焦っているのだ。あの殿様の頭にあるのは自分の出世のみだ。書院番に返り咲くために差し障りのあることは、取り払わなければならないということだ。しかし、幸吉は自分の血を分けた子でもあるから、それなりの愛情はあるようだ。それが唯一の救いだ」

「しかし、話を聞いていると何だかややこしいですね」

次郎はあぐらをかき、腕組みをしてうなる。

たしかにややこしいが、久松寿三郎は間《ま》が悪いともいえる。小普請組に入れられ、書院番に戻る根回しをしている矢先に、用人・草間新之輔の裏切りにあい、追放したはいいが、そのあとで幸運なことに目付の次男を養子にすることで、書院番返り咲きの目鼻がついた。ところがそのときになって、死別の届けを出してある嫡男を草間が見つけて、強請《ゆすり》にかかられているのだ。

家中の騒動が表沙汰になれば、寿三郎の新規まき直しは難しくなるだろう。

「それで、おいらはこれから何をすればいいんです？」

「おまえはおとなしくしていろ。これから先はおまえの出番はない」

目を輝かせていた次郎は、しゅんとなってうなだれた。

「いざとなったら斬り合いになるかもしれない。いや、その覚悟で臨まなければできない仕事だ。おまえに危ないことはさせられない」

静かに諭すようにいってやると、次郎はゆっくり顔をあげた。

「……わかりました。それじゃ真面目に仕事でもしています。だけど、富蔵さんにはこのことは……」

「余計なことはいわないほうがいい。下手に期待を持たせて、あとで悲しませるようなことはしたくない」

「……そうですね」

六

次郎が帰ったあとで、菊之助は富蔵の家に向かったが、戸口のそばで足を止めた。

今ここで話をしてやれることはない。

幸吉を無事に救いだしたとしても、この長屋にあの子が戻って来るという保証はないのだ。ただ、生きていることだけは伝えてやりたいと思ったのだが、それも余計なことだろう……。

菊之助は星のまたたく空を見あげて息を吐いた。空気が冷えているらしく、息は白い筒となった。

それからゆっくり、お志津の家に視線を向けた。雨戸は閉められているが明かりが漏れている。ひょっとすると、この我が身も明後日《あさって》にはどうなるかわからない。もしものことがあれば、お志津には二度と会えないことになる。

菊之助は二本の指で襟を正した。

会っておこうか……。

まだ遅い時刻でもない。訪ねても失礼にはならないだろう。

お志津の家の前に立つと、わずかに胸が高鳴った。面と向かって何を話すのだと自分に問うが、すぐに答えは出てこなかった。

だが、このまま家に帰るのはまことに忍びない。

「こんばんは。荒金ですが……」

思い切って声をかけると、明るい声が返ってきた。

菊之助の気持ちがわずかに楽になる。

がらりと戸が開き、お志津の笑顔がのぞいた。

「お邪魔でなければ、少しいいですか？」

「どうぞ、ご遠慮なく」

すんなり居間にあげてもらったが、菊之助はいつになくかしこまっていた。

「どうかなさったのですか？　何だかいつもの菊さんらしくありませんわ」

お志津は熱い茶をもてなしながら菊之助を見た。

「富蔵さんやおきんさんの様子はどうです？」

「そのことですか……。富蔵さんは仕事が手につかない様子です。無理もないことですが、最近は顔色もすぐれないみたいで、ご酒《しゅ》も過ぎるみたいです。おきんさんは毎日のように幸吉ちゃんを捜し歩いていますけれど、日に日に痩せていくようで……見ていると、こっちまで辛くなって……」

「そうですか」

菊之助は静かに湯呑みをつかんだ。

「ひょっとして菊さんの手の離せない大事な用というのは、そのことでは……」

お志津の澄んだ瞳が菊之助を見つめた。

菊之助はこの人には嘘はつけないと思った。

だが、真相を明かすわけにはいかない。

「幸吉のことはいつも気にかけています。毎日出かけるのも、じつはそのことです」

「やはり……」

「でも、お志津さんだけには教えておきます。幸吉は生きていますよ」

お志津の目が、はっと大きくなった。

「それだけはわかっているんです。ただ、どこにいるかわからないので、それを探っているところで……」

「それをどうやって……？」

「今はいうわけにいきません。ですが、明後日にははっきりするはずです」

「明後日……」

「ええ、他言無用に願いますが、幸吉が無事だったとしても、ここに戻ってこられるかどうか、それはわかりません」

なぜと、お志津はまばたきもせずにつぶやく。

「お志津さんも幸吉が養子だというのはご存じでしたが、じつは、あの子はさる旗本家の嫡男だったんです。わけあってその家から攫われ、そして富蔵さんとおきんさんにもらわれてきたという経緯があります。もちろん、当の本人は何も知りませんが……」

「お旗本の……それも攫われた……」

思いもよらないことだったらしく、お志津はしばらく声を呑んだ。

「あの子は他人の思惑に弄ばれているだけなんです。それを考えると腹も立ちますが、ともかく無事をたしかめるのが何より急がれます」

この先をいうことはできない。菊之助は唇を噛んだ。

「それじゃ、幸吉ちゃんはどうなっているのです?」

「……それはわたしにもわからないことです。ただ、明後日にははっきりします」

「………」

お志津は文机《ふづくえ》のそばにある暦《こよみ》に目をやった。

「それで幸吉ちゃんは、ここに戻らないかもしれないのですか?」

「それは旗本の考え次第でしょう。その家の血が流れているわけですし、当主も幸吉を捨てたわけではないのですから……」

「それじゃ、菊さんはそのお旗本のお屋敷に出入りなさっているのですね」

「そんなところです。幸吉の無事をたしかめたそのときには、お志津さんにはきちんと話をします」

「お願いします」

お志津の目がきらきら光っていた。

「夕方、お志津さんに会ってこのことが気になっていたものですから、話しておきたかったのです」

菊之助は茶を飲んで、夜分の訪問の非礼を詫び腰をあげた。

だが、雪駄を突っかけたところで、お志津を振り返った。お志津も土間に下りたところで、二人の体はくっつきそうになっていた。

「あの、お志津さんには何か目的がありますか？」

「……目的」

「将来何をしたいとか、この先どうやって生きるとか、そんなことです」

「それはいろいろありますが、なぜ……？」

菊之助は躊躇《ためら》って視線を泳がせた。

「それじゃ、ひとつだけ聞かせてください。お志津さんは独り身を通すつもりですか？」

いってしまった。

お志津の目が大きく見開かれた。

「それは……わかりません」

「そうですか」

菊之助は戸口に手をかけた。

「菊さんはどうなのです？」

背中に声がかかったが、菊之助はそのまま外に出た。だが、戸を閉める前に、

「わたしはいずれ妻帯したいと思っています。もし、その人がわたしの思いに応えてくださるなら、そうしたいと……」

お志津は、はっと息を呑んで菊之助をまじまじと見つめた。

「その人のために生きてみようかと思っています。失礼なことを申しました」

菊之助はすうっと戸を閉めた。

呆然としたお志津の顔が、ゆっくり視界から消えていったが、その影は腰高障子に映り込んだままだった。

ふっと息を吐き、背を向けて歩きだしたそのとき、家のなかからお志津の声がした。

「菊さん、ご自分のことを大切にしてください」

足を止めて、その言葉の意味を考えた。すると、また声が被《かぶ》さった。

「明後日はきっと帰ってきてください」

「……はい」

七

翌日は、朝から久松寿三郎の屋敷に詰めた。

菊之助らには客座敷があてがわれたが、じっと座っていることはなかった。菊之助は厠《かわや》や台所に湯をもらいに行くついでに、家中の者たちの話に聞き耳を立てた。だが、これといってとくに気にかかる話は聞けなかった。

寿三郎が口止めしていることも考えられるが、大事なことは家僕や女中には話していないのだろう。

また、寿三郎が妻の八重に何かと助言を仰ぐことがわかった。八重とはこの朝、挨拶を交わし、その際、重ね重ね今回の件は他言しないようにきつく釘を刺された。

「そなたらは立派な武士なのでございます。短い付き合いとはいえ、約束は約束でございますから、武士の名に恥ずる軽率なことはお慎み願います」

どちらかというと能天気に見える寿三郎に比べ、八重はしっかりした性格の持ち主のようだった。それは滅多に笑うことのない、大福のような顔にも表れていた。所作《しょさ》もきびきびしており、侍女にもてきぱきと指示を与えていた。

家中には剣術指南役の大川鋳太郎を含め、中間や家僕の使用人が七人おり、侍女や女中が六人いた。

幸吉こと小太郎の妹はまだ幼く、ようやく三つになった可愛い子である。名を清《きよ》といい、「姫様、姫様」ともてはやされ、付ききりで世話をする侍女があてがわれていた。

三橋惣一郎は暇があると庭に出、木剣で素振りをしたり、あるいは真剣を抜いて型稽古に励んでいた。今朝、菊之助と五郎七と顔を合わせても、昨日のことは気にも留めていない様子で、

「いよいよ明日だな。気を引き締めてやらねばならぬ」

と、ひとり気負い込んだことを口にした。

昼になると座敷に高足膳《たかあしぜん》が運ばれて、寿三郎といっしょの中食《ちゅうじき》となった。これには大川も同席し、

「明日は約束の日だが、おそらく使いのものが今日やってくると思われる。その者を尾《つ》けてみたらどうかと思うのだが」

「それは、わしも考えていたところだ」

寿三郎が同意して、汁椀を口にした。

膳部には野菜と芋の煮物、あさり汁、鯖《さば》の塩焼き、香《こう》の物、佃煮《つくだ》、それに炊きたての白米がつけられていた。

「誰が尾ける」

大川が菊之助らを眺めた。

「それならわたしがやりましょう」

いったのは五郎七だった。慣れない武家言葉を使わなければならないので、五郎七は口数が少ない。

「山川殿が……ふむ、よいだろう。尾けて草間の居所がわかれば、こっちのものだ」

菊之助は黙って飯を食うのに専念していたが、尾行はできないだろうと考えていた。話を聞くかぎり、草間新之輔という男は相当頭のまわる男のようである。使いの者から自分の居所を知られるようなヘマはしないはずだ。その辺には充分な配慮をして取引をするだろう。

「草間には仲間がいるのですか？」

飯を食い終えた三橋が訊ねた。

「わからぬが、いると考えたほうがいい。まさかひとりで家中のものと渡り合うような馬鹿ではない。無頼《ぶらい》のものを雇っているやもしれぬ」

寿三郎は箸を置いて、茶を口にした。

「殿、戦は相手のことを熟知したほうが有利です。相手が何人であるか、どこにいるか……、何とか相手のことがわからないものでしょうか」

「それを知りたいのは山々だが、どうにもならぬではないか。……そのほうらに何かよい知恵はないか」

菊之助も何か手立てがないかと考えていたのだが、相手の尻尾《しっぽ》さえつかめないのだから、どうにもしようのないことだった。

結局名案など浮かばず、草間の使いが来たら、それを五郎七が尾けるということだけが決まり、食事はお開きとなった。

午後の日はゆっくり移動していった。腹を満たした三橋が、日当たりのよい縁側で昼寝をすれば、五郎七も座敷の壁にもたれて舟を漕いだ。

菊之助はあぐらをかいて柱に背を預け、空を流れる雲や、向かい屋敷の欅《けやき》が風にそよぐのを眺めていた。日があるうちは控えの座敷も暖かかったが、太陽が雲に遮られると急に寒気を覚えた。

菊之助は障子を閉めて、欄間《らんま》の透《す》かし彫りや床の間に飾ってある書を、ぼんやり眺めて暇をつぶした。

それは日が翳《かげ》りはじめた夕七つ（午後四時）を過ぎたころだった。

屋敷で永年使用人を務めている平八《へいはち》という者が、裏庭から駆けだしてきて、

「お殿様！　お殿様！」

と、大声をあげて玄関に飛び込んできた。

ちょうど菊之助が台所に茶をもらいに行くときだったので、

「いかがした？」

と、問えば、平八は手に持った一通の書状をかざして見せた。

「手前が掃除をしておりますと、これが突然投げ込まれまして」

「投げ込んだものは？」

「わかりません」

「顔も見なかったのか？」

「塀の向こうから投げ込まれましたので、姿は見ておりません」

この騒ぎに寿三郎も大川も気づいたらしく、すぐにやってきた。

「書状が届きました」

菊之助が平八から受け取った書状を見せると、寿三郎は奪うようにつかみ取り、そのまま控えの座敷に行って開いた。

三橋も五郎七も書状を読む寿三郎を食い入るように見た。

やがて寿三郎の目がかっと燃えるように赤くなり、口の端が吊りあがった。

「おのれ、おのれ草間め、このわしを愚弄《ぐろう》しおって」

寿三郎は書状をつかむ手をぶるぶる震わせ、顔を紅潮させた。

「いかがなされました」

大川が書状をのぞき込むように聞いた。

「草間の下衆《げす》野郎、金三百両を五百両に吊り上げおった」

「なんと……」

菊之助もその言葉には二の句がつげず、口を半開きにした。

「それはよいとしても、父の形見の……」

そういうや、寿三郎は奥の自分の書院に走ってゆき、「ない、ない、ない！」

と悲鳴のような叫びをあげ、今度は仏間に行き、仏壇の前で棒立ちになった。

「あの外道《げどう》、あの裏切り者め、父の形見である大事な脇差を盗み、さらには父の位牌《いはい》までも持ち去っておった」

寿三郎は憤怒《ふんぬ》に体を震わせ、ぎりぎりと奥歯を嚙んだ。

「位牌が、父の位牌がないことになぜ気づかなんだ。誰も気づいていなかったのか！」

そのまま寿三郎は書状を足許にたたきつけた。

「それで殿、取引は？」

大川が詰め寄るようにして聞いた。

寿三郎は血走った目で振り返り、

「明日の朝、六つ半（午前七時）、代々木《よよぎ》の岡、鞍懸《くらか》け松の下……あやつめ、あやつめ。そのほうら、明日はきっとあの裏切り者を成敗《せいばい》し、小太郎を救いだすのだ。よいな」

初めて目にする寿三郎の怒りに気圧《けお》されながら、菊之助らは力強くうなずいた。

第五章　鞍懸《くらか》け松

一

七つ半（午前五時）過ぎにすべてが整った。

久松家の庭には一頭の馬が引き出され、大八車が用意された。荷台には五百両の大金が入る金箱がひとつ。それに筵《むしろ》をかけ、菊之助らの刀を隠した。

もっとも、金箱に入っている金は五十両にも満たない。

「当家には五百両などという大金はない。これは見せ金に過ぎぬが、渡してはならぬ」

馬乗り袴《ばかま》にぶっ裂《さ》き羽織姿の寿三郎は、そういって編笠《あみがさ》を手にした。あくまでも一文の金も渡さずに小太郎を取り返し、草間新之輔を討つというのが、寿三郎の考えであった。

菊之助と三橋、そして五郎七は中間のなりをして、大八車を引くことになった。馬を引くのは大川鋳太郎である。

その大川は草鞋履《わらじば》きに袴の股立ちを取り、襷をかけていた。寿三郎は朱鞘《しゅざや》の大刀と小刀を腰に帯びていた。

夜はまだ明けてはいないが、東の空は白々としており、わずかな朝焼けも見える。鳥たちがかまびすしく鳴きはじめ、薄い霧が風に流されていた。

「そろそろまいるか」

編笠の顎紐をきつく締めた寿三郎が、馬にまたがって空を見あげた。

「まいりましょう」

大川が門番に顎をしゃくると、表門が両側に開かれた。土間口に立って見送る寿三郎の妻・八重は、きりりと口を引き結んでいた。

鞍懸け松まで一里弱だが、大八車があるのでたっぷり半刻《はんとき》（一時間）はかかるはずだ。

一行は屋敷を出ると、原宿村《はらじゆく》から上渋谷村《かみしぶや》を抜けていった。

このあたりはすっかり百姓地である。見渡すかぎりの畑地で、ところどころに杉の木立や雑木林が点在している。

畑を縫うように曲がりくねる道は狭く、そしてでこぼこしている。

大八車はガタガタと音を立てて上下した。

いくつかの小川を越え、代々木村に入る。なだらかな岡の広がる丘陵地帯だ。

夏場は青々とした桑畑が広がっているが、今はその畑も枯れ、野菜や芋が植えられている。

数十羽の鴉が空で鳴き、近くの林のなかに下りていった。

小川に架けられた土橋を渡ると、前方に鞍懸け松を望むことができた。源《みなもとの》義《よし》家《いえ》が奥州征伐《おうしゆうせいばつ》の折、この地に陣を張り、松の枝に鞍をかけたことが、この松の名の由来だという。

その松の北方には代々木八幡宮があるが、急な坂を登る菊之助らに見るゆとりはなかった。すでに夜は明けており、東の空に漂う雲は朱に染まり、その雲間から筒状の光が地上に射していた。

菊之助は足を踏ん張って大八車を押し、草鞋履きの自分の足を見、そして首筋をつたう汗をぬぐった。大八車を引いているのは手拭いでほっかむりをした五郎七だ。三橋は菊之助の隣で同じように大八車の尻を押している。

取引の場所である松の木が近づいてきた。菊之助は周囲に警戒の目を光らせてはいるが、人の姿を見ることはなかった。

すでに太陽は昇り、青い空が広がっている。

「待て……」

寿三郎が手綱《たづな》を締めて馬を止めた。

そのまま周囲に炯々《けいけい》とした眼光を光らせる。普段はそんな厳しい顔を見せないが、今は表情を引き締め、戦に臨む武将のような風格をたたえていた。

「草間め、きっと近くに隠れてこっちの様子を探っているに違いない」

寿三郎はひらりと馬を下りると、近くの土手に駆け上り、今度は額に手をあて周囲を窺《うかが》い見た。菊之助も真似るようにあたりに目をこらすが、ただ漫然と広がる畑が見えるだけだ。遠くに野良仕事をする百姓の姿はあるが、あやしげな人影は見あたらない。

「……ま、よい。約束の刻限まではまだ間がある」

寿三郎の声で、菊之助らは短い休息に入った。息があがりそうになっていたので呼吸を整え、竹筒に入っている水で喉の渇きを癒《いや》す。

近くの雑木林を風が渡ってゆく音がし、土手道に土埃が巻きあがった。

「相手は何人いますかね」

五郎七がそばに腰をおろした。

「さあ、何人だろう……。気にはなるが、こっちは五人だけだ」

「先手を取らねばならぬな」

ぽつりと声を漏らしたのは、仁王立ちになってあたりを見まわしている三橋だった。

「そうとわかってはいるが、まずは相手の出方を見るしかない。だが、おれの勘ではそう大勢じゃないだろう。金をほしがるやつにかぎってけちなものだ。人が多ければ、それだけ分け前が少なくなるからな」

三橋は足許の草をちぎって口にくわえた。

菊之助は黙したまま周囲に目をやった。

寿三郎も大川もあたりに警戒の目を配っていた。

だが、気を揉むまでもなくひとりの男が、右手の雑木林から現れた。

とっさに寿三郎が立ちあがり、つづいて大川も腰をあげた。

「やって来たか……」

三橋が大八車のそばに行った。刀は筵をかけた荷台に隠してある。

林のなかから現れた男はひとり。着流しの股立ちを取り、襷をかけている。腰に大小を帯び、右手を刀の柄にかけたまま、細道をゆっくり歩いてきて立ち止まった。

「草間、よくもこのわしを愚弄《ぐろう》してくれたな」

先に口を開いたのは、寿三郎だった。

草間新之輔は寿三郎に静かな視線を向けた。

「殿、よくぞ見えられた。約束の金は用意してあるんでしょうな」

「たわけたことをしでかしてくれたものよ。金はそこに持ってきた。して、小太郎はどこだ？」

「まずは金が先です」

「……むむっ」

寿三郎はまなじりを吊り上げてうなった。

「金は荷車に積んである。その前に小太郎を見せるのが先だ」

草間はしばし沈黙を保ち、逡巡《しゅんじゅん》の素振りを見せた。

その目は氷のように冷たく、薄い唇の片端がめくれている。禿げ上がった額が、てかてかと日の光を弾いていた。年は四十半ばと聞いていたが、実年齢より老けて見えた。

「小太郎に会わせろ。それが取引というものだ」

寿三郎が再度催促した。

「わかりました。では、今……」

そういった草間がゆっくり片手を上げると、右手の竹藪から三人の男たちが子供を連れて出てきた。

はっと目を瞠《みは》った菊之助は、一歩足を踏み出して、「幸吉」と、胸中でつぶやいた。

幸吉は後ろ手に縛られ、猿ぐつわを嚙ませられていた。

「……何ということを」

幼い子供にひどいことをする草間のことが許せなくなった瞬間だった。菊之助は爛《らん》と目を光らせ、奥歯を強く嚙んだ。

「殿、若様はご覧のように無事でございます。早速金を渡してもらいましょうか」

そういった草間のそばに二人の男が駆け寄ってきた。ひとりは幸吉をつかまえたまま放さない。いずれも無頼《ぶらい》の浪人とわかる者たちだった。

菊之助は相手は四人だけなのかと、他にも目を配った。背後をつかれ挟み撃ちにあったら勝ち目はない。

「さあ、金を……」

草間が足を踏み出したそのときだった。菊之助の危惧が的中した。退路を塞《ふさ》ぐように、背後に二人の浪人が現れたのだ。しかも、すでに刀を抜き払っており、総身に殺気をみなぎらせていた。

「草間、謀《はか》りおったな」

「問答無用でござる。遠慮はいらぬ、やれ！」

草間の声で浪人らが大八車めがけ殺到してきた。

二

「雑魚《ざこ》に情けはいらぬ！　金を奪うのだ！」

草間が手下の浪人らに叫べば、

「抜かるな！」

と、寿三郎も声を張りあげ、刀を引き抜いた。

菊之助らはとっさに大八車の筵を剝《は》ぎ取ると、自分たちの刀をつかみ取り、打ちかかってくる浪人らの刀をがっちり受け止めた。

菊之助が相手にしたのは、大柄ながら身の軽い者だった。刀を弾き返すと、横の土手に飛び逃げたと思うや斜面を蹴って、刀を袈裟懸けに振り下ろしてきた。

菊之助は下がると同時に半身をひねって、愛刀の藤源次助眞を相手の手首に打ちおろした。

「ぎゃっ!」

相手は手首を斬り落とされるなり悲鳴をあげ、土手を転がり落ちた。

ひとりを打ち倒した菊之助は、鍔《つば》迫《ぜ》り合《あ》いをしている五郎七の助太刀《すけだち》に走った。

普段滅多にすることのない股立ちに草鞋履きは動きやすく、いつになく身が軽く感じられた。

「五郎七、どけッ!」

怒鳴るように声を放った菊之助は、五郎七の相手をしている男の腰を思い切り蹴った。虚をつかれた男は横倒しになって、立ちあがろうとしたが、その眉間に菊之助の刀の切っ先を向けられ、石のように固まった。

「五郎七、こっちはよい。おまえは幸吉を救うんだ」

「しかし……」

「行けッ」

五郎七が走り去るのをたしかめた菊之助は、目の前の地面で動けないでいる男に、刀を振り下ろした。

「ひぇえー」

恐怖に怯えた目が菊之助に向けられたが、容赦しなかった。

利き足を半歩踏み出すなり刀を水平に振り切ると、男の片耳がばっさり切れた。相手は何が起こったかわからず、凍りついた顔をしていたが、その一瞬後に、自分の耳に異変が起きたことに気づき、片手でその耳を庇《かば》った。

菊之助はさらに刀を真横に振り抜いた。耳は落ちなかったが、今度は男の指三本が斬り落とされた。

「ひゃ、ひゃあー！」

指を落とされた男は無様にも地をのたうち回った。

相手を殺す必要はなかった。要は戦意を喪失させればすむことだった。人間は体の一部に傷を負っただけで、気勢を削《そ》がれてしまう。それに大事な指や手首が失われれば、再び刀を握ることはできない。

二人を片づけた菊之助は、まわりを見た。

三橋は鞍懸け松の下で、総髪の浪人と渡り合っていた。互いに譲らず、打ちかかってはぱっと離れ、また間合いを詰めるという具合だ。

大川は寿三郎を庇うように、斬り込んでくる男の刀を右に払い、

「殿、ひとまずお逃げください」

寿三郎は刀を構えてはいるが、戦いを避けるように相手との間合いを取っている。

「殿ッ！　早く、お逃げください」

「だめだ！」

そのとき、草間の剣が寿三郎に襲いかかった。素早く危機を察知した寿三郎は、もんどり打つようにそばの藪のなかに飛び込んだ。

草間は即座に追いかけようとしたが、その前に菊之助が立ちふさがった。

「おまえら、ただの雑魚ではないな。さては雇われた用心棒か……」

草間が間合いを詰めながら口を開いた。

「幸吉を攫い、八百屋の娘を殺したのは貴様だな」

菊之助は青眼に構えたまま、氷のように冷たい草間の目をにらんだ。草間の右

目下の皮膚が震えた。

「おぬし、何者だ」

「どうなのだ」

「こやつ、生意気な」

そういうなり、電光石火《でんこうせっか》の斬撃を送り込んできた。尋常でない早技で、その刃は日の光にきらめきながら、うなりを上げて襲いかかってきた。

菊之助はとっさに身を引いてかわしたが、着物の袖が斬られていた。脇の下に冷たい汗を感じ、背筋に悪寒が走った。

草間は中西派一刀流の免許持ちだと聞いていたが、これほどの腕だとは思わなかった。それに、太刀筋にためらいがなく、一刀のもとに相手を斬り倒すという気迫に満ちている。

菊之助は汗ばんできた柄をじわりと握りなおし、乱れていた呼吸を静かに整えた。その間もじりじりと草間が詰めてくる。菊之助は半寸、また半寸と下がる。

打ち込む隙が見えないのだ。額に浮いた汗が頬をつたい、唇に流れてきた。その汗を舌先でなめ、横に動いたそのとき、

「逃げられる！」

悲鳴のような声が林のほうでした。

声に気を取られたのは菊之助のほうだった。

草間はそれを見逃さず、心の臓を貫くように剣筋を伸ばしてきた。それは充分に引き絞った弦《つる》から放たれる矢のように早かった。

横に逃げるには遅すぎた。かといってかわすこともできなかった。菊之助はたださしろに飛びすさるしかなかった。

ざざっと、耳障りな音が周囲に湧き立った。深い藪のなかに身を落としたのだ。

太陽を背負った草間の影が、藪の隙間に見えたが、どういうわけかその姿がすうっと消えてしまった。

菊之助は泳ぐようにして藪をかきわけて、表に飛びだした。口のなかに熊笹の葉が入り、枯れ木の枝で目をつきそうになった。

「殿、殿、ご無事でございますか？」

馬のそばに駆けていた寿三郎に、大川が走り寄っていた。

「放せ！　放せ！　助けてー！」

菊之助は悲痛な声のする林のほうに目を向けた。

五郎七が幸吉を抱いて逃げようとしているところだった。さっきまで幸吉をつかまえていた男は、片腕を押さえて駆けてくる草間のもとに走り寄った。そこへ、ひとりを倒した三橋も駆けていた。

だが、草間はすでに五郎七に迫っている。幸吉の手の縛《いまし》めと猿ぐつわは外されているが、五郎七はその幸吉を庇うために草間の前に立って、腰を落とし、刀を構えた。

危ない！

菊之助のなかで、危急《ききゆう》を知らせる半鐘《はんしよう》が鳴り響いた。

「五郎七、かまうな！　逃げるんだ！」

菊之助は走りながら叫んだ。

と、五郎七と草間の間に三橋が割り込むようにして入った。

「てめえが裏切り者の草間か！　神妙にしやがれ！」

三橋はわめくなり、刀を振り抜いたが、いともあっさりと草間に弾かれた。

「三橋、逃げるんだ！　おまえの相手ではない！」

菊之助が注意を喚起したときは遅かった。

草間の電撃の剣は、三橋の刀を擦《す》り上げると同時に胴を打ち抜いた。三橋の体が二つに折れ、そのままくずおれた。

救いを求める幸吉の声が途切れた。凄惨《せいさん》な死闘を目《ま》の当《あ》たりにしたからに違いない。

だが、菊之助はそんなことを考えている場合ではなかった。草間の凶刃が五郎七に襲いかかっていたのだ。

「五郎七、逃げるんだ！」

菊之助は必死に声を張った。

ところが、五郎七はもろくなっている足許の地面に足を取られたのか、尻餅をつくなり斜面を転げ落ちてしまった。

それを見た草間は放心の体《てい》でいる幸吉を抱きかかえ、そのまま林のなかに消えていった。そのあとをひとりの浪人が追いかけてゆく。菊之助は追うべきだと思ったが、その余力がなかった。息があがり足がもつれそうになっていたのだ。

斜面に転がった五郎七をのぞき込むと、這うようにして上がってきている。

「怪我はないか？」

「ありません。それより幸吉は？」

「連れ去られた」

唇を嚙んだ菊之助は、草間に斬られた三橋を見た。

腹を押さえ、苦痛の顔でうずくまっていた。

「怪我を見せろ」

そばに行って声をかけたが、三橋は痛みを堪《こら》えるのに必死なのか、うめき声しか漏らさない。強引に傷口を見ると、横腹が三寸ほど切れて肉が両側にめくれていた。血は溢《あふ》れ出ているが、傷はそう深くない。

「もうだめだ。お、おれはこれで、死ぬ……むむっ……」

「何をいう、傷は浅い」

「し、死にたくない。た、助けてくれ……ううっ……」

三橋は、はあはあと息を喘《あえ》がせた。これまでの威勢はすっかり消えており、情けないほどだ。そのとき、菊之助は自分が指を斬った男と、手首を撥ね飛ばした男が逃げていく姿を見た。それは畑のずっと先に見え隠れしていた。追うべきかどうか迷ったが、まずは仲間を救うのが先だった。

「ともかく肩を貸せ。大八車に乗せてやる」

そのとき、「ぎゃっ」という短い悲鳴が聞こえた。大川が迫ってくるひとりの浪人を斬り倒したのだった。

菊之助は三橋に肩を貸して立ちあがった。そのとき、馬に乗って立ち去る寿三郎の姿が見えた。そばには大川がついており、早く来いと手招きをしていた。

「荒金さん、幸吉はどうします？」

五郎七が林のほうを振り返っていった。

「仕方ない。今日はいったん引きあげるしかなさそうだ」

「……痛い、痛い……おい、荒金、おれは死ぬのか、助かるのか……」

泣きそうな声でいう三橋だが、菊之助は声を返さなかった。頭のなかで、これからのことを考えていた。

三

林を抜け、畑の畦《あぜ》を通って南に下ったところに、その百姓家《ひやくしようや》はあった。鞍懸け松から五町《ちよう》（約五四五メートル）ほどの場所だった。

草間は急がせていた足をゆるめると、あとをついてくる鎌田弥四郎《かまたやしろう》を振り返った。

「やつらは……」

「追っては来ません」

草間は背中におぶっていた小太郎（幸吉）を地面におろして横たえた。泣きじゃくってわめくので、気絶させていたのだ。

気を入れてやると、小太郎はゆっくり瞼を開き、ぼんやりした目で草間を見、悔しそうに唇を噛んだ。

「若様、お許しを。辛いでしょうが、もう少しの辛抱でございます」

「ちゃんのところに連れて行って……帰りたいよ。うちに帰りたいよ」

「もう少しの辛抱です。どうかお許しを、さあお立ちください」

ベソをかいていた小太郎は、あきらめたようにのろのろと立ち上がった。

草間は隠れ家にしている百姓家に入ると、ごくごくと喉を鳴らして水を飲んだ。

「おまえも飲め」

柄杓《ひしゃく》を弥四郎に渡してやった。

小太郎は框《かまち》にちょこなんと座っておとなしくしている。

草間は板張りの居間にあがると、どっかり腰を据え、切ってある炉《ろ》に付け木を入れて火をつけた。ぱちぱちと小枝の爆《は》ぜる音がして、煙が立ち昇り、炎があがった。

「他のやつは……？」

聞かれた弥四郎は首を横に振った。

草間は忌々《いまいま》しそうに炎を見つめた。

「どうするんです？　金は取れませんでしたよ」

「こんなこともあろうかと思ってはいたが……あの用心棒……」

「どうするんです？」

草間はぎろりと目を剝いて弥四郎を見た。

「仕方なかろう。もう一度談判するしかない。こっちには人質がある」

「しかし、あの用心棒らが邪魔になります」

草間はじっと弥四郎を見た。それから腕の傷に気づいた。

「斬られたようだが、どうなのだ？」

「かすり傷です。たいしたことありません」

弥四郎は左腕に巻いている手拭いを解いて、傷の具合を見た。気にするほどのことじゃないとつぶやき、手拭いを縛りなおした。

草間は炉に薪《まき》を足し、煙が這い出てゆく格子窓を見た。窓の外は竹林になっている。煙がその林のなかを霧のように流れていた。

「あの男……」

そうつぶやいて、自分と戦った用心棒を思いだした。なまなかではない腕を持っていた。

あの男は「幸吉を攫い、八百屋の娘を殺したのは貴様だな」と、聞いた。

久松家に雇われた用心棒だったら、幸吉といわずに若様、あるいは小太郎殿というはずだが……。あの娘の知り合いなのか？　もしくはあの長屋に住まう浪人なのか？

しかし、どうして久松家に雇われている。偶然にしてはできすぎた話だ。もしや町方では……いや、そんなはずはない。町方なら、別の動きをするはずだ。それに、この件をあの寿三郎が番所に届けるとは思えない。

考えたが回答は出なかった。それに、そんなことはどうでもよいのだと気づいた。

問題は、

「金だ」

声に出していうと、弥四郎の顔が振り向けられた。

「そうです。どうするんです？」

「……」

草間はじっと炎を見つめたまま返事をしなかった。

「やつらはほんとうに金を持って来ていたんですかね」

「わからぬ……」

「用心棒を連れてきたんです。金なんかなかったんじゃないですか……」

自分を見つめてくる弥四郎を、草間は見返した。

町で拾った浪人だった。以前は足利《あしかが》藩戸田《とだ》家に仕えていたという。新当流《しんとうりゅう》の免許持ちだというが、眉唾《まゆつば》かもしれない。

四角い顔、厚い唇、一重の目は鋭いが、ときどき小狡《こずる》さがその目に見え隠れする。

草間は小太郎に目を向けた。框に座ったままおとなしくしている。こっちを見ようとせず、立てた両膝を抱きかかえていた。

「金が手にできなきゃ、とんだ貧乏くじだ」

草間はぼやいた弥四郎をにらんだ。

「金はもらう。大事な人質を取ってあるんだ」

「人質なんかどうでもいいんじゃありませんか。単に草間さんを始末しようとしているだけかもしれませんぜ」

「……」

「金を脅し取ろうとしているんですからね」

たしかに弥四郎の言い分にも一理ある。

「だがな、あの子は久松家の血を引いているのだ。殿、いや寿三郎が誰より子煩《こぼん》悩《のう》なことはわしが一番よく知っている」

「ですが、死んだことになってるんでしょ。今さら引き取っても……」

「養子にすれば何の問題もないのだ。それに血を分けた実の子なのだからな」

小太郎を見ると、膝を抱きかかえたまま肩を震わせ、しくしく泣いていた。

「ともかく、もう一度談判するのみだ」

「うまくやれますか？」

「やるのだ」

四

千駄ヶ谷の久松邸に帰った菊之助らは、まず三橋の手当てをした。

その三橋は怖《お》じ気《け》づいたようにおとなしくなっており、

「おれは抜けさせてもらうよ」

と、情けない顔で菊之助と五郎七にいった。

「それがいいだろう。その体では無理だ」

「そうさせてもらう」

三橋は負け犬のようにしょぼくれた姿で、昼過ぎに久松家をあとにした。武士の面目をつぶされた三橋は、この一件を一生の恥と思い、他言することはないだろう。

「どうするんですかねえ……」

三橋がいなくなってから、五郎七が聞いた。

菊之助はうむと、うなっただけだ。

二人は与えられた控えの間におり、寿三郎のつぎの指図を待っていた。

縁側には小春日和《こはるびより》の日が射しており、庭に来る鳥たちの声がしていた。

寿三郎は奥の間に下がっており、家中の者たちも何もなかったような顔でそれぞれの仕事をこなしていた。

ともかく、静かである。

「幸吉は何としてでも救いださなければならぬ」

「先方が取引をあきらめたらどうなります」

「あきらめはしないだろう。草間は金がほしいのだ。そのために幸吉を捜しだし、人質として金を強請《ゆす》り取ろうとしているんだ」

「……しかし、殿様はどうしますかね。幸吉は死んだことになっているし、お目付の次男との縁組みが調《ととの》っているじゃありませんか」

「血を分けた子だ。他人に育てられた子でも、我が子は我が子だ。それが親だろう」

「……そうですね」

五郎七はすっかり冷めてしまった茶を、ずるっと音をさせて飲んだ。

「草間はお目付の次男との縁組みを知らないはずだ。だから幸吉にそれなりの対価が払われると考えているのだろう。そんな幸吉を簡単に、草間が殺すとは思えぬ。そんなことをすれば、やつの考えていることすべてが水の泡だ」

「それじゃ草間は、もう一度……」

「うむ、再び接触を図るはずだ」

「殿様が相手にされなかったらどうなります?」

それが一番困ることだった。

だが、菊之助はそうはならないと思っていた。

「殿様は父親の位牌と形見の脇差を盗《と》られている。それに草間に対する憎悪《ぞうお》は、おれたちには計り知れないものがあるようだ。何としてでも討ち取る覚悟をされているはずだ」

雲が出てきたのか、障子にあたっていた光が、すうっと失われ、部屋のなかが薄暗くなった。そのとき、閉められていた襖《ふすま》が開き、大川が入ってきた。

「殿は憤慨《ふんがい》しきっておられる」

菊之助と五郎七の前に座るなり、大川はそういった。その表情は硬かった。

「草間は討ち取らねばならぬが、大事な形見と位牌のこともある。それに若様の身を心より案じておられる。三橋殿はあのようなことになったが、そなたらには引きつづき力を貸してもらいたい」

「無論、そのつもりです」

菊之助が応じると、大川の表情がかすかにゆるんだ。

「そうか、そういってもらえて安心した。今朝のことでわかったと思うが、草間はなかなかの策士《さくし》だ。かような仕儀《しぎ》になった以上、殿は意地でも引くわけにはいかぬとおっしゃっておる。草間がつぎにどう出てくるかわからぬが、後手に回ってはならぬ。先手を打つべきだが、よい知恵はないか？」

菊之助は五郎七と顔を見合わせてから、

「相手の居場所さえつかめれば、何とかなるでしょうが……」

「そうだな。拙者もそう思う。いかがすれば、やつの隠れ家を探せると思う」

菊之助は今朝のことを思いだした。

幸吉を連れ去った草間は、鞍懸け松のそばにある林に消えていった。あの林に行けば、何かつかめるかもしれない。

「ここでじっとしていても何も前には進みません。今朝行ったあの場所、草間が逃げ込んだ林の向こうに何かあるかもしれません」

大川の目がきらりと光った。

「よし、これから行ってもらえるか」

「早速にも」

「この件がうまくいったら、殿は報奨金を弾むといわれている。また、重ね重ね申しておくが、これはあくまでも久松家の家中の騒ぎ、重々心得てくれ」

五

傾いた日の光のなかを、黒い影となって雁の群れが飛んでいた。

草間は例の百姓家の表に立って、その空を眺めた。

岡の向こうに薄い煙がたなびいている。一日の仕事を終えた百姓が焚《た》き火《び》をしているのかもしれない。それとも、夕餉《ゆうげ》の煙か……。

「草間さん、今夜の飯はどうします？」

ふいに背後から弥四郎の声がした。

「あるものでよいだろう」

「もう米はありませんぜ……」

「それなら買ってくるがよい」

「それじゃ、お足を……」

弥四郎は片手を差し出しながら近づいてきた。

草間は懐から財布を出して、小粒を渡した。弥四郎はそれを宙に放ってから、袖のなかに入れた。

「ついでに酒の肴《さかな》でも買ってきましょう」

そういって行こうとする弥四郎を、草間は呼び止めた。

「食い物を求めるのはよいが、この家のことは知られないようにしろ。事を終えるまでは、気を抜くな」

「わかってますよ。それじゃ」

と、今度は行こうとした弥四郎が足を止めて、草間を振り返った。無精髭《ぶしようひげ》の生えた頬が夕日にあぶられていた。

「草間さんの家族はどうしたんです？　こんなことをしていると、家族に害が及ぶんじゃございませんか」

「心配には及ばぬ。わしに家族はない」

「それじゃ、妻帯されなかったので……」

「妻は二年前に死んだ」

「子供は？」

「……できなかった」

「そうだったんですか。それじゃ独り身なんですね。金を手にしたらどうするんです？」

いらぬことを聞くやつだとうとましく思ったが、

「おまえに教えるほどのことではない。早く行ってこい」

弥四郎は小さく首を振って、そのまま出かけていった。

家に入ると小太郎がちらりと見てきて、すぐに顔をそむけた。こちらに背を向け、炉のそばに座っている。

草間も炉の前に行って腰をおろした。

「腹が空いているのではありませんか?」

草間はあくまでも丁寧な言葉を使った。

小太郎は返事もせず、ただにらんでくる。

「何かと勝手のゆかない思いをさせますが、どうかご勘弁を……」

「うちに帰りたい」

小太郎は黒い瞳を輝かせる。

「もう少しお待ちください」

「ちゃんのところに、かあちゃんのところに帰りたい。帰りたいよ」

小太郎は顔を膝に埋めて、しくしく泣きはじめた。

「若様の帰るところはあんな長屋ではありません。立派なお屋敷があります。そちらに帰るのです」

小太郎はいやだいやだと、肩を揺すって泣きつづけた。

草間はため息をつくしかない。

五徳《ごとく》に置かれた鉄瓶の口から湯気が立ちはじめた。

草間は茶を淹れて飲んだ。

表に夕闇が落ちはじめたらしく、家のなかが暗くなった。燭台に火をつけ、ついで隣の部屋の行灯にも火を入れた。

それから炉の前に戻って茶を飲んだ。小太郎は背中を壁にあずけ、膝を抱いて目をつむっている。寝ているのか起きているのかわからない。

弥四郎が戻ってきたのは、それから間もなくのことだった。

「うまそうなどぶろくも仕入れてきました」

「わしはいらぬ。おまえが勝手にやればよい」

「そうですか……。それじゃまあ、やらしてもらいますが、早速飯を炊きましょう。魚の煮付けも手に入りましたから、今夜はたっぷり飯が食えます」

弥四郎はおしゃべりだった。

竈《かまど》の前に座って火を熾《お》こしにかかっても、

「あいつらどうしちまったんですかねえ。金八《きんぱち》と庄九郎《しょうくろう》さんは殺されなかったはずだけどな……」

そのとき草間は、はっとなった。

仲間に引き込んだのは五人だが、残ったのは弥四郎ひとりである。たしかに金八と庄九郎は死んではいないはずだった。それは目の端でたしかめていた。金八は指を斬り落とされ、庄九郎は手首を落とされただけのはずだ。

もはや使い物にならない二人ではあるが、この百姓家のことを知っている。もし、あいつらが久松家の者の手に落ちたら、急襲されるかもしれない。

ここでのんびり飯を食っているわけにはいかない。

「弥四郎、火を落とせ」

「ヘッ、何でです？」

弥四郎が目を丸くして振り返った。

「ここは危険だ。場所を替える」

「替えるって、どこに？」

「怪我を負ったものが、久松家のものに捕まっていたらどうする？」

弥四郎も気づいて、顔を強ばらせた。

「そういや、あいつら戻ってきませんからね」

「ともかくこの家を出るのだ。それが先だ」

「そうしましょう。ですが草間さん、今度はいつやるんです？」

「明日かその明くる日か……ともかく手間をかけるつもりはない」

草間は腰に大小を差しながら応じた。

表の林で鴉《からす》たちが騒がしく鳴きはじめていた。

六

鞍懸け松が、薄い闇のなかにひときわ黒くかたどられていた。

もう間もなく地上は深い闇に覆《おお》われるだろう。それでも空には皓々《こうこう》とした半月が浮かびあがっている。闇が濃くなっても、ある程度は夜目《よめ》が利くはずだった。

菊之助と五郎七はその朝来た坂道を登っていた。松は岡の頂上近くにあり、枝を左右に伸ばしている。

「荒金さん、提灯を持ってくるんでしたね」

「そうだな」

日が傾いていたにもかかわらず、提灯のことなどまったく考えなかった。今になって悔やんでも仕方ないので、そのまま進むしかない。

さっきまで空は、白みを帯びた青だったが、今は群青《ぐんじょう》に変わりつつある。鞍懸け松の下を通ったとき、いきなり大きな羽音がした。同時に、カアという鳴き声がした。一羽の鴉が羽を休めていたようだ。

その鴉は菊之助らが向かう林のほうに飛んでいった。菊之助は朝の乱闘で大川と三橋が斬り倒した浪人を捜したが、見あたらなかった。

仲間が運んでいったか、それとも見落としているのかもしれない。倒れたままなら、いずれ村のものにでも発見されるだろう。

「五郎七、しくじったな」

林に近づきながら菊之助は舌打ちをした。

「何をです？」

「あの浪人らだ。ひとりぐらい捕らえて連れ帰るべきだった」

「でも、やつらは逃げてしまいました」

「傷を負っていたから、追いかければ捕まえられたはずだ。そうすれば、草間の隠れ家を白状させることができた」

「いわれればそうですが、もうどうすることもできません」

たしかにそうだった。

林のなかに入った。木立が黒い影となっている。頭上は木の枝葉に遮られているが、その隙間を縫って月光が射している。

二人は足許に気をつけながら、奥へ進んでいった。ときどき梟《ふくろう》の声がし、風が吹き抜けていった。空気が冷たくなっている。

一町《ちょう》（約一〇九メートル）も行くと、急に林が途切れ、視界が開けた。畑と乾いた田が広がっている。その間に蛇行《だこう》する小川を見ることができた。玉川《たまがわ》上水から引き込まれた水路だ。

遠くに数軒の百姓家が見えた。ひとまず、二人はその百姓家に行くことにした。

坂を下り曲がりくねった道を歩く。秋も深まっているというのに、まだ虫の声を聞くことができた。

小川を飛び越え、百姓家をめざす。一軒の家に明かりが見え、もう一軒の家からは煙が昇っている。

近いほうの百姓家を訪ねると、手拭いを姉《あね》さん被りにした若い女房が戸口に出てきた。奥の土間から赤子の声がし、竈の火が見えた。

「何でしょう」

女房は用心深そうな目を向けてきた。

「あやしいものではない。ちょっと聞きたいのだが、子連れの浪人を見なかったか？」

「子連れの……」

女房は視線を泳がせ、首をかしげた。

「さあ、そんな人は見ませんでしたけど……」

「それじゃ、浪人を見なかったか？　最近のことだ」

「一月《ひとつき》ぐらい前なら何人か見たことはあります。何やら旅をしている人のようでした」

菊之助は五郎七を振り返って、もう一度女房を見た。この女房は赤子の面倒を見るだけで、野良仕事には出ていないのかもしれない。

「亭主に聞いてくれないか？」

そういったときに、褞袍《どてら》を羽織った亭主が赤ん坊を抱いて土間に現れた。

「何の御用です？」

「この十日ばかりの間に、浪人を見なかったか？」

「浪人ですか……」

「そうだ。ひょっとすると子供を連れていたかもしれない」

「おらァ、見なかったけど、畑中《はたなか》の喜八《きはち》さんがそんなことをいってましたけど」

菊之助は目を輝かせた。

「その畑中の喜八の家はどこだ？」

「へえ、この坂を登って左に曲がったところにあります。庭に鶏を飼っておりますから、すぐわかりますよ」

「邪魔をした」

菊之助と五郎七はすぐに喜八の家に向かった。

なるほど庭には鶏がうごめいていた。侵入者に驚き、激しく羽音を立てたり、やかましく鳴いたりした。

その騒ぎに気づいた家人ががらりと戸を開け、

「誰だい？」

と、顔をのぞかせた。おそらく喜八だろう。

「あやしい者じゃない。つかぬことを訊ねたいのだが」

「何だ、お侍さんですか。どんなことで……」

喜八はぐすっと洟《はな》をすすった。

「その下の家で、おまえさんだと思うのだが、浪人を見たと聞いたのだが……」

「へえ、見ましたよ。四、五日前からこの村でちょくちょくと」

草間らに間違いないだろう。

「そいつらがどこに寝泊まりしているか知らないか？」

「そんなことは知りませんが、さっき粂吉《くめきち》さんに会ったら、今日の日の暮れに米を分けてくれといってきた浪人がいたといっておりました」

「その粂吉の家はどこだ？」

喜八は庭に出て、指をさしながら、

「この坂を下りると、川にぶつかります。ぶつかったら半町（約五五メートル）ほど右のほうにゆくと、竹林に囲まれた家があります。そこが粂吉さんの家です」

菊之助と五郎七は急いで粂吉の家に向かった。

粂吉は小柄な初老の男だった。

さっきと同じことを聞くと、

「今日だけじゃありませんよ。何日か前にも米を分けてくれといってきました。今日は酒がほしいというので、鮒《ふな》の煮付けといっしょにどぶろくを売ってやりましたよ」

「その男がどこにいるかわからぬか？」

「知ってますよ」

粂吉はあっさり答えた。

七

「どうだ、いたか？」

草間は焦りのまじった声と顔で弥四郎に聞いた。

弥四郎は首筋の汗をぬぐいながら、

「いません。まったくすばしこいやつだ」

「ともかく捜すのだ。子供の足だ、そう遠くには逃げていないはずだ。どこかその辺にひそんでいるのだろう」

それは隠れ家にしていた百姓家を出てすぐのことだった。小太郎が隙をついて駆けだし、裏の竹林のなかに逃げてしまったのだ。

慌てて捕まえようとしたが、小太郎の姿は闇に溶けるように見えなくなった。

それからすでに半刻はたっているが、未だに捜しだせずにいた。

「草間さん、おれは裏の林をもう一度見てきます」

「それなら提灯を持て」

草間は自分の手にしていた提灯を渡した。

「わしは小川のほうまで下りてみよう」

「提灯はいいんですか？」

「月明かりがある。ともかく見つけるのだ」

弥四郎が林のほうに歩き去ると、草間は一度夜空を見あげて息を吐いた。空気が冷えているので、息が白くなっていた。

それからなだらかな坂を下り、小川のほうに進んだ。ときどき立ち止まってはあたりに目を凝らしたが、小太郎の姿はない。

ここで小太郎を逃がしてしまえば、久松寿三郎との談判はできなくなる。先代当主・寿太郎《じゅたろう》の位牌と形見の脇差では取引の材料として弱すぎる。もっとも、寿三郎がその二つを盗まれたことで頭に血を上らせているのは、想像するまでもない。何しろ父寿太郎を畏怖《いふ》し、心より尊敬していた寿三郎である。

一陣の強い風が代々木村の畑地を吹き抜けていった。月明かりを受ける薄の穂が大きくたわみ、西のほうにある小高い山から梟《ふくろう》の声が聞こえてきた。

草間は小川に沿って進み、小太郎を捜した。うねっている畑に身を伏せているかもしれないし、こんもりした藪のなかに身をひそめているかもしれない。

土手があれば、そこに登り、四方に目を凝らした。獣の動く気配もない。遠くの百姓家で飼われている犬の遠吠えがするぐらいだ。

草間は月明かりを頼りにそこら中の畦道《あぜみち》を歩きまわった。だが、小太郎を見つけることはできない。

ひょっとすると、あの百姓家にまだいるのでは……。

そう思ってはたと足を止めた。小さな体だから床下に隠れたのかもしれない。ひょっとすると、裏の納屋《なや》に……。

そこまで考えると、急いで百姓家に引き返した。弥四郎がすでに見つけているかもしれない。ともかくここで小太郎を逃がしてはならなかった。

冷え込んできているが、草間は汗をかいていた。顎にしたたる汗を手のひらで払い落とし、襟を開いて風を送り込んだ。

百姓家に戻ってきた。

弥四郎の姿はない。まだ向こうの林を捜しているのだろう。草間は百姓家に入ると、手燭《てしょく》を持って裏の納屋に行った。屋内には使い古された農耕具が置いてあるだけで、片隅に藁束《わらたば》が積んであった。だが、小太郎の姿はない。

もしや、家のなかのどこかにひそんでいやしまいか……。

今度は家のなかに入った。子供だから隠れる場所はいくらでもある。押入《おしいれ》をあらため、物置を探し、奥座敷にある長持《ながもち》の蓋《ふた》を開けた。ついで床下も丹念に調べた。

どこにも小太郎はいなかった。

草間は落胆のため息をつかずにはいられなかった。まんまと逃げられてしまったのではないかという後悔の念が心に浮かんだ。

油断したのがいけなかった。弥四郎め、なぜもっとよく見ていなかったのだと、そばにいない手下をなじりもした。

裏庭にまわり、林のほうに目を凝らすと、小さな提灯の明かりが見えた。

ゆらゆら揺れながらそれが近づいてくる。

そのうち足許の枯れ葉を踏む足音が聞こえるようになった。提灯のまわりだけがぼんやり浮かびあがっているが、子供の姿はどこにもない。

「見つからぬか」

そばに来た弥四郎に声をかけた。

「いませんね。草間さんのほうもだめですか？」

草間はため息をついただけだ。

「くそ、そう遠くに行ってるはずはないんですがねえ。どうします？」

「どうもこうもない。あの子がいなければ話にならないのだ。こうなったら草の根をわけても捜すのだ」

二人は前庭にまわった。

「わたしは西のほうに行ってみよう。おまえは小川の手前の、あの林のあたりをあたってくれるか」

そういって行こうとしたとき、

「草間さん……」

弥四郎が声をひそめ、目を瞠って一方をさした。

それは近くにある土手の上だった。

月を背にした黒い影が立っていた。

第六章　遊女の松

一

ふうと、吐いた息が白くなった。

お志津はぶるっと肩を震わせ、寒空に浮かぶ半月を眺めた。それから下駄音を殺して、長屋北側の路地に入っていった。路地には各戸の家からこぼれる細い明かりの筋があり、家族の声が漏れ聞こえてくる。

だが、菊之助の家はひっそり静まったままだ。明かりもない。

明後日はきっと帰ってくるといったのに……。

今日がその明後日なのに……。

一昨日の夜、自分の家を訪ねてきた菊之助の顔を思い浮かべた。

いつになく思い詰めた顔をしていた。それに、幸吉は生きているといった。くわえて、幸吉は旗本家の嫡男であり、自分はその屋敷に出入りしているようなことも匂わせた。

お志津は菊之助が幸吉のために動いているのは知っているが、いったいどこで何をしているのかまったく見当がつかなかった。

カラン、と路地の奥で音がしたので、はっとなってそちらを見た。もしや菊さんが、と思ったが、「にゃあ」と猫の鳴き声がした。

お志津は肩の力を抜いて後戻りした。予定が遅れているだけかもしれない。自分勝手な、単なる取り越し苦労だろう。菊さんのことだから、きっと大丈夫よ。

お志津は胸の内にいい聞かせた。風が長屋の路地を吹き抜け、着物の裾をめくり上げた。古びた長屋の戸板がカタカタと小さな音を立てた。

井戸を過ぎたとき、ふと立ち止まり、次郎の家を見た。明かりがこぼれている。

菊之助は慕ってくる次郎を可愛がり、ときどきいっしょに出かけたりしている。互いの家を往き来もしている。ひょっとすると、何か知っているかもしれない。

「次郎さん」

そっと声をかけると、

間延びした声がして、すぐに戸が開けられ、大人になりきれない若い顔がのぞいた。鼻の横に面皰《にきび》を作っていた。

「へえー、誰ですか？」

「どうかしましたか」

「菊さんなんだけれど、どうなさってるのかしら。昨日も今日も留守なんだけれど、次郎さん何か知らない？」

「大事な用で出かけているんですよ」

「そう聞いてるわ」

次郎は驚いたように目を瞠った。

「知っているんですか？」

「何を？」

聞き返すと、次郎はわずかに顔をしかめた。嘘のつけない男だ。

「いや、別に……」

「幸吉ちゃんのことでしょ。菊さんからそう聞いているのよ」

「聞いてるって……それじゃ、あのことを……」

次郎は目をしばたたいた。

「ちょっと、お邪魔していいかしら」

お志津は強引に次郎の家に入った。虚をつかれた恰好になった次郎は、そのまま上がり口に尻餅をついた。狭い三和土に立ったお志津は戸を閉めて、

「あのことってなに？　教えてくれない。じつはね、一昨日の晩、菊さんがうちを訪ねてきて、幸吉ちゃんのことは今日にははっきりするといわれたのよ。でも、まだ菊さんは帰っていないわ。幸吉ちゃんもそうだけど」

「いや、それは……」

「口止めされているんでしょ」

次郎は口をもごもごさせて、視線を外した。

「ねえ、教えてくれない。菊さんが今どこで何をしているのか。幸吉ちゃんのことで菊さんが、いろいろ苦心されているのはわかっているのよ。口止めされているのなら、わたしは他言しないから。ねえ……」

お志津は次郎の肩に手を添えた。戸惑いを隠せない次郎は何かをためらっている。お志津はもう一押しした。

「もし、菊さんや幸吉ちゃんの身に危ないことがあれば取り返しがつかないじゃない。そうなってからでは手遅れなのよ。わたしは誰にもしゃべらないから……

ねえ、次郎さん」
次郎はゆっくり顔をあげて、乾いた唇を舌先でなめ、
「いっちゃいけないんですが、人にいわないでくださいよ」
お志津は瞳を輝かせて、約束すると誓った。
「菊さんは、久松寿三郎という旗本の家に詰めているんです。なぜかというと
……」
次郎はそういってから、自分の知っていることをつまびらかにした。もっとも、
菊之助が横山秀蔵の手先として動いていることは伏せていたが。
すべてを聞き終えたお志津は、しばらくまばたきもせず、部屋に置かれている、
次郎の商売道具である箒《ほうき》を眺めた。
「それじゃ、剣術の試合に勝って、その久松様のお屋敷に……」
「おいらが知っているのはそこまでです。でも、それも幸吉を取り返すためです
から」
「そう、菊さんはそんなことを……」
「お志津さん、絶対今の話は内緒ですからね。おいらだって、どうなっているの
か気になって仕方ないんです。今夜は帰ってくると思って、こうやって起きてい

るんですから」

次郎は刺《さ》し子半纏《こばんてん》の襟を正した。

「幸吉ちゃんもいっしょに戻ってくるかしら……」

「さあ、それはおいらには……でも、待つしかないですから」

「そうね。待つしかないのよね。……ごめんなさいね、遅くに」

「いえ。お志津さんも心配しているんだと知って嬉しいです」

表に出たお志津は、もう一度菊之助の家を見て、夜空を仰いだ。

「菊さん……」

思わず口をついて出た声だった。

お志津はまたたく星を見ながら祈るように手を合わせた。

二

菊之助は囲炉裏《いろり》の灰をすくって、家のなかに視線をめぐらした。

傷《いた》みのひどい百姓家で、隙間風が吹き込む戸板は小さく震えながら音を立てている。

手のひらのなかの灰には温《ぬく》もりがあった。つまり、草間らがこの家を離れてあまり刻《とき》がたっていないということだ。

「飲みかけの湯呑みもあるし、徳利には酒も残っています」

同じように家のなかを検めていた五郎七が声をかけてきた。

「幸吉がいたような形跡は……」

菊之助は手のなかから灰をこぼしながら訊ねた。

「見あたりません。ですが、草間らがここを隠れ家にしていたのであれば、幸吉もいっしょだったはずです」

「うむ、引き払ったのだろうか？　それとも……」

菊之助は独り言のようにいって耳をすまし、目を光らせた。

吹きすさぶ風の音が聞こえた。

「あっしだったら、こんなところにいつまでもいませんね」

五郎七はいつもの自分の言葉で答えた。

「そうだな。頭のまわる草間ならここに留《とど》まりはしないだろう。鞍懸け松からそう遠くない場所でもある」

「だけど、気になることはあります」

菊之助は五郎七を見た。燭台の明かりが、その顔にあたっていた。

「やつらは幸吉を連れているんです。目立つような動きはできないから、そう遠くには行っていないんじゃないですか」

「この近くに場所を移したということか……」

なるほど、それも考えられると菊之助は思ったが、疑問も残る。

草間はいずれこの隠れ家が見つかると予想したはずだ。それなのに、この家の近くに新たな隠れ家を設けるだろうか？　設けるにしても、この辺は百姓地であり、簡単に空き家が見つかるとは思えない。そのことを口にすると、

「家の者を脅して居座るってことは……」

五郎七が応じた。

「それは面倒なことになる。家のものを見張らなければならないし、もし逃げられでもしたら余計な手間を増やすことになる」

「他にも仲間がいるってことは……」

菊之助は考えた。今朝、草間についていた浪人らのことだ。二人を戦えなくし、二人は斬り倒されている。残っているのはひとりのはずだ。もっとも、他に仲間がいるとすれば、話は別だが……。

「ともかく、ここに長居は無用だろう」

「しかし、どうやってやつらを追います」

菊之助は窮《きゅう》した。やっと隠れ家を突き止めはしたが、これから先の手立てはなかった。

「ひとまず外へ」

そういって百姓家を出た。

強い風が体にぶつかってきて、着物の裾を払い、髪を乱した。近くの林の木々が大きくたわんで音を立てていた。

菊之助は闇に包まれた野山や畑に視線を這わせたが、どこにも人の姿などなかった。ただ、夜鴉が鳴いたにすぎない。

五郎七が家のなかで見つけた提灯に明かりを入れてそばに立った。

「ひとまず、久松家に戻るか」

「そうしますか」

「無駄に追ってもしようがない。それに夜も更《ふ》けてきた」

二人は提灯の明かりを頼りに林を抜け、鞍懸け松を横目に見やりながら千駄ヶ谷へ足を急がせた。

「草間の狙いは、金だ。それも長引かせるつもりはないだろう。明日にでも草間のほうから何か知らせてくるかもしれない」

「まさか、幸吉を殺すなんてことはないでしょうね」

菊之助は顔を強ばらせた。それが一番危惧《きぐ》していることであった。

「幸吉は大事な人質だ。そんな無茶はしないだろう」


千駄ヶ谷の久松邸に着いたのは、間もなく夜九つ（午前零時）を迎えようとするころだった。

門は固く閉ざされていたが、菊之助らの帰りを待たせられていた中間が、脇のくぐり戸を開けてくれた。

「ご苦労様でございます。大川様がお待ちです」

「なに、まだ起きているのか？」

「控えの間においでです」

大川は燭台のそばで兵法書を読んでいたが、菊之助らの顔を見ると、本を閉じ、

「いかがであった？」

「隠れ家は見つけましたが、草間らの姿はありませんでした」

「こちらの探索を恐れ、隠れ家を変えたというわけか……」

「おそらく」

菊之助と五郎七は大小を抜いて大川の前に座した。

「腹が減っておるだろう。今にぎり飯を持たせる」

「かたじけないです」

夜食は嬉しかった。昼から何も腹に入れていなかったのだ。

間もなく熱い茶とにぎり飯と沢庵《たくあん》が運ばれてきた。行儀《ぎょうぎ》はよくないが、菊之助はにぎり飯を頬ばりながら、いかにして草間の隠れ家を発見したかを話した。

「逃げた先はわからぬわけだな」

「残念ながら……」

そうかと、応じた大川は静かに茶を飲んだ。

「草間を捜すことはできませんでしたが、いずれあの男は接触を図ってくるはずです。どんな手立てを使うかわかりませんが、草間の狙いはあくまで金でございましょう」

「やつが欲しているのはそれだけだ。殿に恨みはあるかもしれないが、恨んでも生きる糧《かて》にはならぬからな」

菊之助はにぎり飯を食べ終えて、茶を飲んだ。久松家を追われた草間の年齢を考えれば、新たな仕官は無理だろう。余生を生き抜くには、詰まるところ金というわけだ。

「草間は代々久松家に仕えていた用人だったのでしょうか？」

「あの男の親父殿からと聞いている。その親父殿は津軽《つがる》藩の何某《なにがし》の家臣だったらしいのだが、改易《かいえき》にあい、殿のお父上に拾われ雇われ用人になったと聞いている。だから、用人としては二代目ということになる」

「なるほど……」

当時、旗本は必ず用人を抱えることになっていた。家中の庶務を預かり、主君の懐刀《ふところがたな》となるのが用人ではあるが、小旗本になると、その余裕がないので必要に応じて臨時の用人を雇っていた。

さらに、江戸も後期になったこのころは、用人登用もままならず、渡り中間で間に合わす旗本も現れた。

このような現象は武家社会が崩壊して行くに従い顕著《けんちょ》になる。

「草間は浪人身分ということでよいのですね」

「いかにも。他に何がある？」

菊之助が草間のことを聞いたのには、それなりの理由があった。だが、そのことは大川に話すつもりはない。

「もうひとつお訊ねしますが、殿は草間に強請られても支払う金はないといわれました。しかし、草間は用人を務めていたわけですから、その辺の内情に詳しいのではありませんか？」

「何をいいたい？」

大川は疑り深い目を向けてきた。

「草間はもう一度取引をするはずです。そのときは今朝のような失敗は繰り返さないはずです。見せ金では通用しないと思います。もし草間のいう金が調っていなかったなら、若様の命に関わることになるやもしれません」

大川は眉間に深いしわを刻んで、苦しそうにうめいた。

「たしかに荒金殿のいわれるとおりだ。じつはわたしもそのことは気にしていたし、殿も同じようなことを口にされた」

「……」

「しかし、殿がいわれるように、この家にそんな大金はないのだ。いや、わたしがそれをたしかに知っているわけではないが、殿は御書院番に戻るためにかなりの運動をしておられる。そちらへの費《つい》えが多かったのだろう」

「なるほど」

「ともかく、殿の運は吉《きち》に転じている。それも草間が出て行ってからのことだ。いつでも厄介をもたらすのは草間というわけだ」

「草間との再度の取引にも見せ金で応じられるのですか？」

「そうなるだろう」

「うまくいきますかね」

「うまくやるのだ。そのために殿はそのほうらを雇っておられるのだ。ともかく今日は大儀《たいぎ》であった。明日もあることだから早く休むがよい」

大川はそういって腰をあげた。

襖が静かに閉められ、大川の足音が消えると、菊之助は細いため息をついた。

「なぜ、あんなことを聞いたんです？」

五郎七が聞いた。

「草間のことか……。やつの身分をたしかめておくのは大事なことだと思ったからだ。案の定、やつは今や浪人だ。つまり、浪人なら……」

五郎七の目が大きく見開かれた。

「御番所も手を出せるということですね」

「そのとおり。草間は人の子を攫《さら》い、そしてこの家に強請をかけているのだ。そうはいっても、殿様の考えもあるし、この騒ぎは他言しないように約束もしているしな……。番所の手を借りるとしても、それは最後の手段だろう」

「……そうですね」

五郎七は冷めた茶を飲みほした。

それから床につくのは早かった。横になると、一日の疲れがどっと出てきて、あっという間に深い眠りに落ちた。

三

草間は遠くへ逃げたわけではなかった。

鞍懸け松のある岡から西に少し下がった富ヶ谷《とみがや》に移っただけである。この地はその昔、地中から貝殻《かいがら》がたくさん出てきたことから留貝《とめがい》と呼ばれていたらしい。

それがいつの間にか「富ヶ谷」に転じたという。

草間がその夜の〝宿〟にしたのは、十数軒の集落の外れにある炭置き小屋だった。

小屋には炭俵がうずたかく積んであったが、四、五人が雑魚寝《ざこね》できる広さはあった。

草間は戸口に背を預け、うたた寝をして目を覚ました。弥四郎は足を投げ出して鼾《いびき》をかいている。小太郎は筵を被って眠っているようだった。

草間は足許の焚き火に炭を足した。熾《おき》が残っていたので、火はすぐについた。かじかみそうな手を揉み合わせていると、小太郎が目を開けてこっちを見ているのに気づいた。

「目が覚めましたか……」

小太郎は何も答えない。

「もうあのような馬鹿な真似はおよしくださいよ」

「………」

「逃げずとも、ちゃんとその身は屋敷に届けてあげますゆえ」

小太郎はそっぽを向くように、寝返りを打って背中を見せた。

草間は吐息をついて首を振った。

一時は本当に逃げられてしまったとあきらめかけたが、小太郎は草間と弥四郎の前に亡霊のように現れた。

逃げているうちに道に迷い、気づいたらまた、あの百姓家に戻っていたらしい。

どこに行っていたのだと聞いたとき、

「いつの間にかここに来てしまったんだ」

と、小太郎は悔しさと悲しみのまじった涙声で答えた。

逃げたはいいが、方角がわからなくなってしまったのだろう。

「若様、あと一日二日の辛抱《しんぼう》でござる」

背を向けている小太郎は、ぐすっと、洟《はな》をすすっただけだった。

草間は手許の炎を見つめた。必ずや寿三郎から金をむしり取ってやる。そうでなければ、腹の虫は治まらない。

「……どれだけ面倒を見てやったというのだ」

何度考えても腹立たしさは治まらない。

草間は寿三郎が幼いときから、遊びの相手をし、剣術の稽古台になった。年の差はあったが、それでも心を通い合わせていた。書院番に取り立てられたときも、我が事のように喜んだ。

だが、寿三郎は出世争いに負け、無役となった。そのとき、寿三郎は草間をなじった。こんなことになったのは無能な用人がそばにいるからだと。

草間は衝撃を受け、落胆すると同時に寿三郎に憎しみを覚えた。

だが、自分のことを考えれば、久松家にかしずきつづけるしかないと思い耐えた。耐えながらも寿三郎の出世を、久松家繁栄の道を考えもした。それで、先代当主のつてを頼って根回しをはじめたのだが、そのとき使った金を横領されたと騒がれた。

私用に使った金もありはしたが、高《たか》が知れている。それなのに、無駄金を使った、家中の金をこれまでも着服していたのだろうと、けしからぬ嫌疑をかけられた。

挙げ句、

「やはりおまえは津軽の山猿の倅《せがれ》だわい。山猿を雇った父上のことはえらいと思っていたが、その山猿の倅が本性《ほんしょう》を現しおった」

あの言葉だけは許せなかった。

あれさえいわれなければ、自分は潔《いさぎよ》く久松家を去るつもりだった。だが、あの言葉を吐かれてからは……。

草間は途中で思考を中断し、拳を握りしめた。これまでの忠孝を考えれば、あまりの仕打ちであった。これまで尽くしてきた自分は何だったのだ！

親愛の情は恨みに変じ、その憤《いきどお》りは滾《たぎ》った。

ぱち、と炭が弾けた。小さな炎に、草間は燃えるような目を向け、懐から位牌を出した。寿三郎の父寿太郎の位牌だ。それを火にくべた。位牌は黒い煙を出して、めらめらと燃え上がった。

草間は一切の感情をなくした目で、それを眺めつづけた。

弥四郎が目を覚ましむっくり起きたのは、位牌が燃え尽き、黒い炭になったころだった。だらしない欠伸《あくび》をして、よろよろと立ち上がると、

「小便です」

草間は脇に身を移して弥四郎を表に出した。

戸が開くと同時に寒風が流れ込んできた。

用をすました弥四郎は「冷える冷える」といいながら戻ってくると、焚き火の前に座り込んで両手を火にかざした。

「弥四郎、夜が明けたら談判《だんぱん》に出向く」

「直《じか》にですか……」

「馬鹿を申せ。直に談判できるわけがなかろう」

「それじゃ、どうやって？」

「……考えがある」

草間はじっと炎を見つめたまま、吐き捨てるように言葉を足した。

「いつまでもこんなことをやっていられるか」

四

朝日を受ける障子には庭にある木が影となっていた。

「あの男、剣術指南といってますが、そのじつ、この家の用人になりたがってるんじゃないでしょうか……」

大川が襖を閉めて下がってから五郎七が、耳打ちするようにいった。

朝餉《あさげ》の味噌汁をすする菊之助もそのことは感じていた。

「殿が出世すれば、大川殿も出世するというわけだ。出世だけがすべてではないと思うのだが……人それぞれだろう」

「そうですね」

五郎七も味噌汁をすすった。

庭で雀たちがさえずっていた。

「だけど、八百屋のお道を殺したのも草間なんでしょうかね」

「さあ、それはどうか……」

昨日の朝、草間と対峙《たいじ》したときのことを菊之助は思いだした。お道のことを聞いたとき、草間はわずかに表情を変えたが、それが何を意味したのかわからなかった。

「お道を殺したかどうかはともかく、今は幸吉を救いだすのが何よりも急がれる」

「だけど、やつの居所がわかりません」

菊之助は重苦しいため息をついて湯呑みを手にし、茶柱を見つめた。

「もう一度、あの百姓家に行ってみるか……」

「昨夜行ったではありませんか」

「見落としているものがあるかもしれない。昨夜は暗かったが、日のあるうちなら……」

「あっしはかまいませんよ。荒金さんの好きなように」

女中が朝餉の膳を下げに来たので、二人は口をつぐんだ。

膳がすっかり片づくと、また大川が現れた。

「殿がお呼びだ、ついてまいれ」

菊之助は五郎七と顔を見合わせてから、大川のあとに従った。廊下を進んで寿三郎の待つ書院に入った。

東側に面したその部屋は明るい日の光に包まれており、いかにも居心地よさそうだった。硯箱《すずりばこ》の載った文机のそばに書見台があり、床の間には大きな掛け軸があった。

寿三郎の顔は、明るい部屋とは裏腹に沈鬱《ちんうつ》であった。

「昨夜はご苦労であった。やつの隠れ家を見つけたそうだな」

「見つけましたが、草間の姿はありませんでした。場所を移したのでしょう」

菊之助は慇懃に答えた。

「そうだろう。やつは知恵のまわる男だ」

「考えがございます」

「なんだ？」

「昨夜は夜分であったがゆえに、草間が隠れ家にしていた百姓家を仔細《しさい》に見ることができませんでした。日の高いうちにもう一度行けば、何か見つかるかもしれません。それで草間の足取りをつかむことができれば、先手を打つことができます」

「ふむ、なるほど」

寿三郎は脇息《きょうそく》に肘《ひじ》をあずけ、剃ったばかりの顎をさすった。それから思慮《しりょ》深い目をして、よいかもしれぬとつぶやいた。

「だが、無駄足になったら困る。それに、そのほうらがおらぬ隙に、やつが使いのものを寄こしてくるやもしれぬ。そうなった場合、いかがする……」

「……」

「出遅れたらやつの思う壺《つぼ》だ。大川はかなりの腕ではあるが、草間は侮《あなど》れない。やつを討ち取るには加勢がいる」

「それでは相手の出方を待つばかりになります」

「そこが頭の痛いところなのだ」

寿三郎は扇子を握って開いたが、すぐに閉じた。

「金を要求してくるのはわかっている。やつを討つのは、金の受け渡しのときになるであろうが、頼りのそのほうらがおらぬときにそのようなことになっては
……」

「それならば、山川を昨夜の百姓家に差し向けるというのはいかがでしょうか？」

菊之助はそういって、五郎七を見てうなずいた。

寿三郎と大川の視線も五郎七に向けられた。

「拙者はいっこうにかまいません。よろしければ早速にも出かけます」

五郎七は慣れない言葉で答えた。

「よかろう、今はそれが最善の手かもしれぬ。よし山川殿、早速行ってもらえるか」

「承知いたしました」

そういって、五郎七が立ちあがろうとしたときだった。

「お殿様、お殿様」と、年増の侍女が慌てた声をあげて、書院に飛び込んできた。

その手には紙縒《こより》の結ばれた一本の矢が握られていた。

「こ、これが飛んでまいりました。わたしの肩を掠《かす》めて、居間の壁に……」

「どれ」

声を震わせる侍女から大川が矢を奪い取って、紙縒を外して寿三郎に渡した。

全員が寿三郎に視線を注いだ。

寿三郎はくわっと目を見開くと、顔をあげた。

「草間からだ」

「何と？」

大川が膝をすって近づいた。

「遊女《ゆうじょ》の松《まつ》に昼四つに金を持ってこいと……」

寿三郎は唇を噛んで、壁の一点を凝視《ぎょうし》した。

「遊女の松……？」

菊之助のつぶやきに、大川が答えた。

「寂光寺《じゃっこうじ》境内にある松の木だ」

菊之助は目を光らせた。今は朝五つ（午前八時）をまわったばかり。先手を打つ余裕は充分にある。

五

千駄ヶ谷には広大な敷地を持つ幕府の御焔硝蔵《えんしょうぐら》がある。その南のほうに天台《てんだい》宗《しゅう》寂光寺があり、遊女の松はその境内にあった。

深編笠を被った菊之助と五郎七が同寺を訪ねたのは、草間からの知らせが入ってすぐのことだった。

「紙縒にはおれたち用心棒のことなど何も書かれていなかった。同伴を許さないといっても、殿が連れてくるのを見越しているのだろう」

「……そうかもしれませんが、やつは仲間を失った手負いの熊と同じです」

菊之助は草間の顔を思いだした。

そこはかとなく冷たい目、酷薄《こくはく》そうにめくれた唇……。

菊之助は下腹に力を入れた。

寂光寺前の通りは、昔の奥州街道だともいわれ、一昔前は広大な原野だったという。その名残《なごり》なのか、境内には鬱蒼《うっそう》とした竹林や池があった。

遊女の松は山門を入ったすぐ左手にある、ひときわ大きな松だった。菊之助は編笠を被ったまま五郎七とうなずきあい、示し合わせたとおりに二手に分かれ、遊女の松を見張ることにした。

境内には梅の木も多い。春先に来れば風流な梅の花見ができそうだ。参詣客は数えるほどしかいない。

人目につく動きはできないので、菊之助は本堂の裏をまわって、遊女の松を見張れる松林のなかに身をひそめた。

五郎七の姿が見えなくなったが、おそらく同じように見張り場を見つけて息をひそめているのだろう。鴉の飛ぶはるか高みの空を、二羽の鷹が優雅に旋回していた。

穏やかな日和で風もゆるやかだった。

半刻が過ぎた——。

その間に参詣に来た客は十人程度であった。いずれも近在に住む百姓か町のものと思われた。

それから小半刻《こはんとき》（三十分）、小僧を連れた老年の僧侶が山門に現れ、本堂脇のお堂に消えていった。草間の現れる気配はまだない。菊之助はときどき自分の背後にも警戒の目を光らせていた。相手は山門から入ってくるとはかぎらない。隣の大神宮からやってくるかもしれないし、境内裏の林を抜けてくるかもしれない。

しかし、そうではなかった。昨日の朝、鞍懸け松で顔を合わせたひとりの浪人が山門に現れた。草間と逃げた男だ。

菊之助は息を殺して、その男の動きを見た。草間はどこだ？　浪人に連れはない。

その浪人は様子を探るようにまわりを見渡すと、遊女の松に近づき、菊之助に背を向ける恰好で松の幹に何かを打ちつけた。

短い作業を終えると、浪人はもう一度あたりを見て、それからもと来た道を戻っていった。一度、山門前で立ち止まってあたりに目を凝らし、そのまま去っていった。

菊之助は遊女の松を凝視していた。白いものが打ちつけられている。短冊《たんざく》のようだ。

走り寄りたい衝動を抑えた。浪人は去ったが、草間がどこかで目を光らせているかもしれない。五郎七が早まらなければよいがと、四方に目を配った。五郎七も用心しているようだ。だが、しばらくして遊女の松に近づく五郎七の姿が見えた。

菊之助は立ちあがって自分の存在を知らせた。気づいた五郎七は、黙したまま菊之助と目を見交わすと、遊女の松に近づき、打ちつけられた短冊を手に取った。

そのままもとに戻すのだ、持ち去るなと、胸の内で五郎七に呼びかける。

短冊に目を通した五郎七がこちらを見た。菊之助は顎をしゃくって、もとに戻せと合図を送った。意思が通じたらしく、五郎七は短冊を松の幹に戻すと、そのまま山門を出て行った。

見送った菊之助もあとを追うように境内を抜け出した。

「こっちです」

ひそめられた声がしたのは、小川に架かる小さな橋を渡ったときだった。木の陰から五郎七が現れた。

「あれには何が書かれていた？」

「草間は寺には来ません。水口《みなくち》まで呼び出すために、あの寺を使ったんです」

どういうことだろうかと、菊之助は考えた。だが、答えはすぐに出た。

寂光寺に寿三郎を呼び出せば金を持ってきたかどうか、護衛の者が何人ついているかの見極めがつく。つまり、用心のためにそんな手を使ったのだ。

「水口とはどのあたりだ？」

「遠くありません。仙寿院《せんじゆいん》という寺の北側の土地です。草間は水口にある池に来いと指図しています。池の南側にある地蔵堂です」

秀蔵の下っ引きをしている五郎七は、土地鑑《とちかん》があった。

「よし、おまえはこのことを殿に伝えるんだ。おれは先に水口に行って草間の動きを探ることにする」

「殿には直接、水口に……」

「ならぬ。そのまま予定どおり、遊女の松に行かせるんだ。おれとおまえの姿はないと知った草間は気をゆるめ、水口で取引をするはずだ」

「なるほど」

「伝えたらすぐに戻ってこい。それから大川さんに、くれぐれも注意を促しておけ。金を運ぶ途中を襲われたらかなわぬ。行け」

「はっ」

五郎七が一散に駆けだすと、菊之助は剃刀《かみそり》を嚙んだように口を引き結んだ。

六

「よし、おまえはもう一度戻って様子を見るのだ。例の用心棒がいたら、急いで戻ってこい。行け」

「わかった」

弥四郎は短く返答すると、少し走って振り返った。

「うまくいったら、分け前は弾んでくれるんでしょうね」

「嘘はいわぬ。いいから早く行け」

「頼みますぜ」

にやりと笑った弥四郎は再び駆けだしていった。

草間はその姿が道に切れ込んで見えなくなると、地蔵堂裏にまわった。手押し車の茣蓙《ござ》を剝ぐと、小太郎の恨みがましい目がにらんできた。猿ぐつわを嚙ませ手足を縛っているので、騒ぐことはない。

「若様、今しばらくの、辛抱です。今日こそは家に帰れますぞ」

小太郎は体をよじって、くぐもった声を発した。

「辛抱でございます」

もう一度いってやると、小太郎の瞳に薄い膜が張り、ついで大きな粒となって目の端からこぼれた。

草間は目をそらすように茣蓙をかけ、地蔵堂の表にまわった。

鴨《かも》の泳ぐ池が広がっている。

まぶしい日の光を弾く水面は、青い空と雲を映していた。池の周囲は枯れた田《たん》圃《ぼ》と土手だ。雑草のなかに野菊がのぞき、畦道《あぜみち》には白い穂先を輝かせる薄があった。

草間は池に沿うように延びている細道を見た。

すでに弥四郎の姿は見えなくなっている。

そこから寂光寺まで七、八町(約七六〇〜八七〇メートル)の道程《みちのり》である。遊女の松の書き置きを見た寿三郎がここまで来るのに、さほどの刻《とき》は要しない。用心棒を連れた寿三郎は談判を長引かせ、こちらの隙を窺うだろうが、そうはさせない。

金さえ手に入れればいいのだ。お荷物になる子供などすぐに返してやる。それにしても、あの用心棒……。

昨日の朝、自分と向かい合った用心棒のことが脳裏にこびりついて離れない。隙のない怜悧《れいり》な目、意志の堅そうな唇と逆八の字の太い眉……。

あの男がついていれば……いやおそらくついているだろう。そうなると事は簡単に運ばないかもしれない。それに、寿三郎は金をしぶるだろう。何しろ三百両から五百両に身代金を引き上げているのだから。だが、それは計算があってのことだった。

三百両だったとしても寿三郎が値切るのは目に見えている。だが五百両を提示すれば、値切ったとしても百両から百五十両、もう少しこちらが折れて二百両だとしても、当初の三百両の金は揃えられるはずだ。

草間は幕府から久松家に支給される蔵米《くらまい》がいくらあるかよく知っていた。懇意にしている浅草《あさくさ》の札差《ふださし》に頼めば、五百両の金ぐらい簡単に都合できる。担保にする蔵米は何も今年の分である必要はない。高利で稼ぐ札差は、二、三年先の蔵米まで担保に取ってくれるのだ。

ともかく金は揃っているはずだ。

頭で算盤を弾いた草間は、晴れ渡った空を見あげた。頭上にあった雲はいつの間にか消えており、空の一画に筋状の雲が浮かんでいるだけだった。

弥四郎には百両の金を約束したが、あんな男にそのような大金はいらないはずだ。それに小狡いあの目が気に食わない。隙を見てこちらを斬りに来るかもしれない。だが、そうしてくれたほうが気が楽だ。先に手を出されたら斬る。ただ、それだけのことだ。

草間は薄い唇の端に不敵な笑みを浮かべた。

池の先の細道に弥四郎の姿が見えた。小走りでこちらにやってくる。

草間が足を進めると、弥四郎は肩で息をしながら、

「来ました。来ましたが、例の用心棒はいませんでした」

「何、本当か？　見逃しているのではないのか。寿三郎殿のそばにいなくとも、どこかで見張っているのかもしれぬ」

「いえ、そんなことはありません。おれもそうじゃないかと思って、よく見てきたんです。あの寺に来たのは久松寿三郎と昨日馬を引いていた男と、しなびた小者です」

「しなびた小者……？」

弥四郎はその小者のことをざっと話した。草間にはすぐぴんと来た。永年久松家に仕えている使用人の平八だ。

「それで、金はどうだ？」

「今日は馬の背にのせています」

草間は池の畔《ほとり》で揺れている薄を見た。金は用意しているようだ。だが、あの用心棒がいないというのが気にかかる。

「……どうしました？」

声をかけられても草間は返事をしなかった。黙って地蔵堂のほうに引き返し、頭をめぐらした。だが、しばらく行ってはっと顔を強ばらせて立ち止まった。

「あの用心棒らが、すでにこの近くにいるやもしれぬということだ」

弥四郎は狡そうな目を丸くしている。

「どういうことです？」

「いいか、久松家に紙縒をつけた矢を放ったのは、朝五つ（午前八時）だ。おまえが遊女の松に行ったのは昼四つ前だ。わしは金を都合する手間を考えて、余裕を持たせたのだが、いらぬ気を廻したことになった」

それから弥四郎の袖を引いて、地蔵堂の裏に廻り込んだ。

草間はあたりを見まわした。

「おまえは気づかなかっただけやもしれぬ」

「その気配はありませんでしたぜ」

「遊女の松だ。おまえがあの松に短冊を止めに行ったときだ。そのとき、あの松のそばにやつらがおったのかもしれぬ」

草間は拳を自分の太股《ふともも》に打ちつけて舌打ちした。

「何です？」

「まさか……」

「何ですって……」

七

菊之助は薄の藪のなかに身をひそめていた。池のすぐ近くだ。草間と手下の浪人の姿はたしかめたのだが、肝腎の幸吉が見あたらない。

幸吉がどこにいるか、それがわからないうちは手が出せなかった。草間とひとりの手下は地蔵堂の前で短く話し、堂の裏に廻り込んで見えなくなった。

ひょっとすると、あの地蔵堂の裏に幸吉がいるのかもしれない。

菊之助はわずかに焦った。五郎七が戻ってこないからだ。戻って来ているとしても、どこにいるかわからない。

草間の剣の腕は並みではない。ここで出て行っても、草間を相手にしている隙にもうひとりが幸吉を連れて逃げれば、また同じことの繰り返しになる。だが、ここでじっとしているわけにはいかない。

身を低め、それこそ地を這うようにして藪を進んだ。ばさばさと音がして、激しい羽音が周囲に湧きあがった。そばに鴨の巣があったらしく、驚いて空に舞いあがったのだ。

その数は数十羽に及んだ。地に這いつくばったまま菊之助は息を止めて、騒ぎが治まるのをじっと待った。

池に舞い降りたらしい鴨たちが、かまびすしく鳴く声が聞こえた。

頭上で揺れていた薄の穂が、静かに収まった。藪に射し込む日の光がまぶしい。

菊之助は目をすがめて、地蔵堂に目を向けた。

草間の姿がちらりと見えたが、すぐに地蔵堂の裏に消えた。菊之助はゆっくり息を吐いた。そろそろ寿三郎たちがやってきてもいいころだ。その前に何としてでも幸吉の居場所を確認しておきたかった。

何度か深呼吸して藪をゆっくりかきわけて進んだ。

「旦那……」

抑えた低い声がした。

突然だったので、菊之助はびくっと体をすくめて声のほうを見た。

五郎七だった。

「いつ、そこに？」

「ついさっきです」

五郎七は大きな柳の根もとに隠れていた。

「伝えることは伝えました。刻を稼ぐために、慌てずにゆっくり来るようにいってあります」

「殿は？」

「よく気がまわったな」

「横山の旦那に仕込まれてますから」

五郎七は鉤鼻の脇にしわをよせ、得意そうに笑みを浮かべた。そのとき地面の砂利や小石を踏みしだく小さな音が聞こえた。

菊之助は緊張の面持ちに戻り、音を探るために耳をすませ、目を光らせた。

「……殿か？」

五郎七が反応して、そっと柳の幹を這い登るように腰をあげ、あたりを見まわした。

「……まだのようです」

地面を踏みしだく音はしばらくつづいた。

音の源は地蔵堂の裏だ。菊之助はそちらに目を向けたが、何も見えない。

だが、頭に閃《ひらめ》くものがあった。草間は自分たちがこの近くにいるのを察知したのだ。おそらくそうだろう。

草間の手下はさきほどこの池のそばを離れ、しばらくして戻ってきた。やつは遊女の松に行ったのだ。そのとき、寿三郎らの姿は見たが、自分たちの姿は見なかった。

それを聞いた草間は、自分たちの考えに気づいた。だから地蔵堂を離れたのだ。

「五郎七、気づかれた」

「えっ！」

「おそらく、草間はおれたちのことに気づいたのだ」

「それじゃ、ここにいることが……」

「それはわからん。だが、そばにいると思ったから地蔵堂を離れたのだ。しかし、さっきの地面を踏む音は……」

「荷車のような音に聞こえましたが……」

五郎七は独り言のようにつぶやいた。

ゆっくりした馬の蹄《ひづめ》の音が聞こえたのはすぐだった。

菊之助は顔をしかめた。まだ幸吉の身柄がどこにあるかわかっていなかった。

「草間、どこにおる！」

寿三郎の声が遠くでした。もはや菊之助の考えたことは無駄になった。

「約束どおり金を持ってきたぞ！」

再び寿三郎の声が野に響いた。

菊之助はあきらめて立ちあがろうとしたが、すぐに思いとどまった。

「どうします？　殿が来ましたが」

「待て。草間はおれたちが殿についていないのを不審に思い、このあたりにひそんでいると思っているはずだ。だが、このままおれたちが姿を見せなければ、やつは予定どおり取引に入るだろう。そのときを待つんだ」

「……なるほど」

五郎七はすっかり感心した顔になった。

「草間が姿を現したそのそばに幸吉はいるはずだ」

案の定、草間は声を返さなかった。吹き渡る風が藪を揺らした。池のほうで鴨たちの鳴き声がする。

「草間、どこだ！　姿を見せぬか！」

寿三郎の苛立った声がした。

菊之助は地に身を伏せたままだ。頭上から秋の光が降り注いでいる。

寿三郎と大川が地蔵堂に近づいてくる気配がある。蹄の音が高くなった。

草間は相変わらず沈黙を保ったままだ。こっちの出方を見ているに違いない。

鴉の群れが空を横切っていった。

菊之助は地に伏したまま五感を研ぎすまし、あたりに目を凝らしつづけているが草間を捜すことはできなかった。

「おかしいですな」

大川の声。

「……わざと遅れてくるのやもしれぬ。忌々《いまいま》しいやつばらだ」

苛立った寿三郎の声。

だが、待望の声があがった。それは池の北側のほうだった。寿三郎と大川、そして馬を引く平八が、その声に振り返るのが見えた。

菊之助と五郎七も、そっと藪をかきわけて、そちらに目を注いだ。池の北側の土手に草間と手下の姿が見えた。

「五郎七、やつの背後を突くのだ。悟られるな」

二人は藪を抜けて、池を大きく廻り込みはじめた。腰を低めて急ぎ足になる。

「用心棒はどうされました？」

草間の声。

「あの者らは連れておらぬ。どうせ役に立たぬからな」

「わたしと同じように馘首《かくしゅ》されましたか。殿らしいお計らいです」

「小太郎はいるのだろうな？」

「それより、金は揃っているんでしょうな」

草間と寿三郎のやり取りはつづいていた。

菊之助が池を廻り込んだとき、草間と寿三郎は七、八間の間を置いて向かい合っていた。寿三郎らが草間に近づいた恰好だ。

金箱を積んだ馬が、ぶひひんと嘶《いなな》き、鬣《たてがみ》を揺らして首を振った。

「荒金の旦那、あれでは……」

五郎七に教えられるまでもなく、菊之助も土手下にある手押し車に気づいていた。

「それじゃ、金を……」

草間の声。

「小太郎の無事をたしかめるのが先だ」

「しからば同時にということに」

「よかろう」

おいと、草間が顎をしゃくると、連れの手下が土手を下りはじめた。向かうのは手押し車だ。やはり、あれに幸吉がいるのだ。

「五郎七、幸吉を救うのだ！」

そういうなり、菊之助は駆けだして抜刀した。

五郎七も遅れじとついてくる。土手の途中で草間の手下が二人に気づいて足を止め、刀を抜いたが、手押し車と菊之助を見てわずかに逡巡した。

「五郎七、幸吉を取られるな！」

菊之助らに気づいた浪人は、手押し車のほうに駆けだした。

その手押し車まで、両者の距離はほぼ同じだった。先にあの車を奪わなければ、幸吉を盾に取られ形勢はまたもや不利になる。

間に合わないと感じた菊之助は、走りながら脇差を引き抜き、そのまま土手を駆け下りる浪人めがけて投げた。

脇差の切っ先は日の光をきらめかせ、まっすぐ浪人の足に吸いつくように突き刺さった。左太股である。

「うわっ！」

虚をつかれた浪人はそのまま土手を転がり落ち、尻餅をつく恰好になって、太股に刺さった脇差を引き抜き、投げつけようとしたが、菊之助の大刀がその腕を撥《は》ねあげていた。

「ぎゃあー」

悲鳴と同時に血の筋を引きながら撥ね斬られた手首が、宙を舞って地面に落ちた。菊之助はさらにその浪人の後ろ首に、刀の峰をたたきつけた。

痛さに悲鳴をあげていた浪人は、大の字に倒れ伏しおとなしくなった。

そのとき、五郎七が幸吉を抱きあげていた。

「五郎七、幸吉を守るんだ」

菊之助は、今度は土手を駆けあがった。

土手下の騒ぎに気づいた草間はすでに刀を抜き、その鋭い切っ先を寿三郎と大川に向けていた。

大川は寿三郎を庇うように立ち、青眼に構えていた。馬の手綱を持つ平八は怯えた顔で棒立ちになっていた。

「やはり、用心棒を……」

歯噛みするようにいった草間の剣が閃いた。

大川は半間《けん》（約九一センチ）ほど飛びすさってそれをかわし、反撃の斬撃を送り込んだが、草間の第二の剣は腰間から鋭く振りあげられていた。

大川にかわす暇はなかった。

「うっ……」

うめいた大川の左腕が斬られていた。その腕から溢れる血が、あっという間に着物の袖を染めていった。大川は腕を押さえ、逃げるように後ろに下がった。寿三郎も顔を青ざめさせながら後退した。

「草間、そこまでだ。もはや子供を盾に取ることはできぬ」

菊之助の声に、草間が俊敏に振り返った。口の片端をめくりあげ、目を血走らせたその形相は、まるで悪鬼のようであった。

「貴様、まんまと裏をかきやがったな」

草間の着物の裾が風にひるがえり、その身が宙に躍った。上段に高く振りあげられた刀は、刃風をうならせながら菊之助の脳天に打ち下ろされてくる。

菊之助は下がらなかった。下がれば相手の間合いに入るのがわかっている。だから、右斜め前方に右足を踏み出し、半身をひねりながら腰に充分な力をためて、刀を振り抜いた。

並みの剣の腕しかなければ、草間は背中をざっくり斬られているはずだった。

だが、そうはならなかった。草間は菊之助の鋭い一撃を弾き返したのだ。

転瞬《てんしゅん》、一呼吸も置かず、刀をすくいあげてきた。菊之助はそれを上から押さえるように受け止めた。

鍔《つば》迫《ぜ》り合いの形になった。

菊之助は上から押さえ込むが、草間は腰を入れて押しあげてくる。

双方の鼻先がくっつきそうになった。

「この、落ちぶれ侍めッ……」

食いしばった歯の隙間から草間が声を漏らした。尋常でない禍々《まがまが》しいその目には蔑《さげす》みの色も見えた。渾身《こんしん》の力で菊之助は押し返した。

「傍目《はため》には落ちぶれて見えようが、心は錦《にしき》だ」

「何を……」

草間の双眸《そうぼう》に稲妻のような光が走った。その瞬間、菊之助は草間の足を払った。すっかり虚をつかれた草間の体が横に倒れ込んだ。菊之助は即座にとどめの一撃を見舞うつもりだったが、草間は地面に倒れたと思うや、そのまま体を反転させて自ら土手を転げ落ちていった。

土手下に着いた草間は、身軽に立ちあがり、土手上の菊之助をにらみあげた。

「おぬしのことは忘れぬ。必ずや、その命もらってやる」

草間は刀を一振りすると、そのまま鞘に納め、今度は寿三郎をにらんだ。

「殿、せいぜい出世なさるがよい」

さっと背を向けた草間は、そのまま急ぎ足で去って行った。

「おじちゃん！」

五郎七に助けられた幸吉が、土手下から声をかけてきた。真昼の光を浴びたその顔には、安堵の色が広がっていた。

第七章　恋まんじゅう

一

無事、久松家に引き取られた幸吉は、菊之助のそばにくっついて離れようとしなかった。

「そのほう、小太郎とどのような間柄なのだ？」

寿三郎が疑問に思うのは無理もなかった。彼の妻・八重も、

「もしや、荒金殿が小太郎の育ての親でございますか？」

菊之助はもはや隠す必要はないと思い、小太郎こと幸吉がいかにして富蔵・おきん夫婦に預けられ、そして、どれほど大事に育てられてきたかということを話した。

ただし、小太郎を攫って逃げた又兵衛とお民のことは伏せておいた。

「深川の寺に預けられ、荒金殿と同じ長屋に住まう夫婦の手に……。何という運命の悪戯《いたずら》であろうか」

寿三郎は慈愛に満ちた目で幸吉を眺めた。

「この子はわたしの腹を痛めて産んだ子でございます。永年離れて暮らしていたとしても、我が子に変わりはございません。それにしても、かような仕儀になったのは、うちで使っていたあの左兵衛とお峯……」

八重は憐憫《れんびん》のこもった目に、憎しみの色を漂わせ、悔しそうに唇を噛んだ。憎しみは、今は名を変えている又兵衛とお民に向けられたものだ。

「五郎七、よいか……？」

菊之助は隣にいる五郎七に声をかけた。

「もういらぬ隠し立てをすることもないだろう。それに、殿もこのままでは納得されまい」

「おまかせします」

菊之助は威儀を正すように、改めて膝を揃えた。

みんながいるのは、寿三郎が普段使っている裏庭に面した居間であった。

「じつはこのお屋敷にまいりましたのには、わけがございます」

そう前置きをした菊之助は、長屋で起きたお道殺しと、幸吉拐《かどわ》かしが起きてからの経緯をかいつまんで話した。

話が終わるまでの間、寿三郎は脇息に片肘を預けたまま身じろぎもしなかった。

「すると、荒金殿は小太郎と同じ長屋に住んでいるだけでなく……」

話を聞き終えた寿三郎は、小さく首を振った。

「同じ長屋で起きたことですから放っておくこともできませんが、わたしには南町奉行所に従兄弟《いとこ》がおり、それからも相談を受けてもおりました。この五郎七は、その従兄弟の下について役目を助《す》けている者でございます」

寿三郎と八重の目は、菊之助と五郎七の間を往き来した。

「……そうであったのか。なるほど、そうであったか」

「あなた様、これまでの経緯はわかりましたが、此度《こたび》の騒ぎはやはり表沙汰になっては困るのではありませぬか。今は大事なときでございます」

「わかっておる。だが、すべてがきれいに片づいたわけではない。あの草間はまだ生きておるのだ。あやつは油断も隙もない男。これからも当家に災いをもたらすやもしれぬ」

「そのことでございます」

菊之助は身を乗りだすように膝を進めた。

「御家中で起きた此度の騒ぎ、手前どもは他言するつもりはございません。ですが、草間は今や浪人の身でございますね」

「いかにも」

「それなら草間の件は御番所に預けられたらいかがでしょう？　やつは罪もない八百屋の娘の命を奪っております。幸吉を攫《さら》うためとはいえ、なにゆえ人を殺《あや》める必要がありましょうか」

草間がお道を殺したということは、草間の手下となって動いていた鎌田弥四郎という浪人の口から聞き出していた。その弥四郎は、菊之助に斬られた腕の手当てを受け、久松家の蔵のなかに閉じこめられていた。

菊之助の言葉を受けた寿三郎と八重はしばらく考えていたが、

「御番所に預けるのはいっこうにかまわぬが、家中の騒ぎが外に漏れるのは……」

「その辺のことはおまかせください」

菊之助は寿三郎を遮っていった。

「荒金殿がそう申されるのであれば、おまかせになってはいかがです。それに、こうやって小太郎を無事に救うことができたのです」

そう口を添えた八重は、やさしげな目で幸吉を眺めた。

「……そうだな」

「それからもうひとつ、お訊ねしたいことがあります」

「なんだ？」

寿三郎は湯呑みをつかんだ。

「幸吉、いや小太郎殿のことですが、このままこの屋敷に引き取られるおつもりでございましょうか」

菊之助は食い入るような視線を寿三郎と八重に向けた。

二人はしばらく黙り込んで考えていた。つぶやくような声を先に漏らしたのは、寿三郎だった。

「小太郎は血を分けた我が子。だが、死に別れたことになっており、世話になっている御目付の次男をわしの世継ぎとして受け入れることが決まっておる。それを今さら断ることはできぬ。かといって小太郎をないがしろにもできぬ」

「わたしは……」

口を開いた八重はすぐに口をつぐんだ。

「なんだ、遠慮いたさずに申せ」

寿三郎が促した。

「わたしの気持ちは小太郎を我が家に入れとうございます。ですが、この子は町人の子として育てられ、また、その親を深く慕っているようですし、その養父母もこの子を本当の我が子のように愛《いと》しんでいると察します」

一見きつそうな八重の顔がやさしく見えたのは、錯覚ではなかった。やはりこの女は幸吉の母親なのだと、菊之助は思わずにはいられなかった。八重は言葉を継いだ。

「胸の内は苦しく、そして辛くもありますが、小太郎のことを考えれば、当家に置いても近々やってくる本多様のご次男が、殿の跡継ぎ。小太郎が成長したとき、もし真《まこと》のことを知るようになれば、そのときどのような気持ちになるでしょうか……。わたしはそのことを考えれば、涙を呑むしかないのではないかと思うのでございます」

「されば、小太郎をその富蔵という育ての親に返すと……」

八重は唇を引き結び、小さくうなずいた。

寿三郎は深いため息をついて、しばらく天井の隅を見つめつづけた。

「……仕方なかろう。八重の申すとおりであろう」

菊之助はほっと肩から力の抜ける思いだった。だが、すぐに表情を引き締め、

「そこで相談でございます。幸吉を今しばらくの間、この屋敷で預かっていただくことはできますでしょうか？」

「もちろん、かまわぬ」

「かたじけなく存じます。もし、今この子を家に帰すとなると、また草間の手に落ちぬともかぎりません。そうなってはまた面倒なことになります。草間を召し捕るまでは、幸吉の身の安全を図りとうございます」

「無論だ」

快諾を得た菊之助は、ほっと胸をなで下ろした。

このあと、幸吉は案《あん》の定《じよう》、家に帰りたいとぐずったが、菊之助はこんこんといい聞かせてやった。

二

久松家の使いの知らせを受けた横山秀蔵が、寿三郎の屋敷に姿を現したのは、日が暮れようとする時分であった。

「案内していただけますか」

寿三郎に簡単な挨拶を終え、菊之助から大まかなことを聞いた秀蔵は、弥四郎に会えるよう大川に頼んだ。腕を斬られた大川は手当てを終えていたが、傷は思ったほど深くなかったようだ。

久松家の蔵に入れられていた鎌田弥四郎は、一目で町奉行所役人とわかる秀蔵を見て、身をすくめた。

蔵に明かり取りはあるが、外はもう暮れている。大川が燭台に火を点《とも》すと、秀蔵は裾を払ってゆっくりしゃがみ、弥四郎の顎《あご》を持ちあげた。

「てめえが人殺しの手伝いをしたのか……」

ぐいと顎をあげられた弥四郎は、目を左右に動かした。蔵の入口には菊之助や大川の他に、五郎七と秀蔵の小者が控えていた。

「おれは手伝いなんかしてねえ」

「それじゃ、黙って見ていたんだな」

「ま、そんなとこだ。おれはあのガキを攫うだけだと思ったんだが、いきなり八百屋の女が訪ねてきたんだ。悲鳴をあげようとしたから草間が口を塞ぎ、首を絞めたんだ。まったく、むごいことをしやがる」

秀蔵は冷ややかな目で弥四郎をにらんだ。

「そんなおめえは、その人殺しの手伝いをしていたじゃねえか」

「お、おれは金で雇われただけだ」

「……性根《しょうね》の腐った野郎だ」

秀蔵は後ろ手に縛られている弥四郎の頭をひっぱたいて立ちあがった。

「大川さん、この男はあっしが預からせてもらいます。草間という男を追うにも、こやつは何かの役に立つかもしれませんからね」

「それはかまわぬが、家中のことはくれぐれも……」

頭を下げる大川を、菊之助はあきれたように見た。あくまでも寿三郎の出世しか頭にないのだ。もっとも、それは寿三郎にも、その妻・八重にもいえることではあるが。

「甚太郎《じんたろう》、こやつを引っ立てろ」

秀蔵に指図された小者は、五郎七の手を借りて弥四郎を立たせ、表に連れだした。

「菊之助、もういいのか？」

足を止めた秀蔵が母屋に顔を向けた。

「殿には何もかも話してある。あとは幸吉を連れに来るだけだ」

「それじゃ行くか」

「待て、もう一度幸吉に会ってくる」

菊之助は居間にいる幸吉のもとに行くと、

「幸吉、必ず連れに来るから、今しばらくここで待っていろ」

「ちゃんとかあちゃんに会いたい」

幸吉は目に涙をためていう。

「わかっている。だが、今おまえがここを出ると、またあのおっかない男に攫われるかもしれないんだ」

幸吉はびくっと、肩をすくめた。

「そうなったらいやだろ……。だからおじさんのいうとおりにしていてくれ。この家の人は悪いようにはしない。……わかったな」

じっと目を見ていい聞かせると、幸吉はあきらめたようにうなずいた。

表に出ると、門の前で秀蔵たちが待っていた。

弥四郎を連れた一行は、急速に闇を濃くする道を進んだ。

菊之助はその道々で、久松家のことを話し、今回の家中の騒ぎを口止めされていることを打ち明けた。

「……うまくやるしかあるまい。だが、裁きの段になると、久松家のことも当然出てくるはずだ。そのことをお奉行がどう思われるかわからぬが、ともかく吟味方にはそれとなく話をしておこう」

「そうしてもらえれば、こっちの気も軽くなる」

「おまえには借りができた。武士の約束なら守らねばならぬだろう」

「すまぬな」

「なにをいいがやる」

秀蔵はまっすぐ前を向いたまま足を進めた。

菊之助は大番屋に弥四郎を引っ立ててゆく秀蔵らと、海賊橋《かいぞく》のたもとで別れたが、その際、

「菊之助、まだ手は借りるぞ。草間のことがあるからな」

と、秀蔵にいわれた。

「乗りかかった船だ。途中で降りるわけにはいかない」

「何しろおまえはやつの顔を知っているのだからな。明日にでも詳しい話をしよう」

「わかった」

菊之助が応じると、秀蔵はそのまま橋を渡っていった。

源助店に帰ったときには、すっかり夜の帳《とばり》が下りていた。久しぶりに帰る長屋は懐かしかった。どぶの臭いも住人同士の埒《らち》もない話し声も、菊之助の気持ちをやわらげてくれた。しかし、そのまま家に戻ってくつろぐわけにはいかなかった。

まずは富蔵の家を訪ねた。

腰高障子を開けたおきんは、幽霊でも見たような顔をした。

「菊さん……」

「そんなに驚くことはないだろう。ちょいと邪魔するよ」

菊之助は普段の町人言葉になって、富蔵の家に入った。居間には仕事から帰ってきたばかりらしい富蔵の姿もあった。茶を飲んで一服しているところだった。

「大事な話があって来た。まわりくどい話はよすが、幸吉は無事だ」

居間にあがり込んで、富蔵とおきんを前にしてそういった。とたんに、二人は驚きの声を漏らした。

「ほ、ほんとですか？」

富蔵が身を乗りだせば、

「幸吉はどこにいるんです？」

と、おきんも目を輝かせた。

「千駄ヶ谷の、ある旗本の屋敷にいる。ともかく元気なことだけは伝えておく」

「どうして、それを菊さんが？　でも、なぜ幸吉はそんなところにいるんです。迎えに行くのを待っているんですか？」

「そうじゃない。これにはいろいろ面倒なことがあるんだ。だが、幸吉はいずれこの家に戻ってくる」

「ほ、本当に戻ってくるんですね。ほんとなのですね」

おきんは菊之助の腕をつかんで揺すった。

「戻ってくる。だが、今すぐというわけにはいかない」

「どうしてです？」

富蔵とおきんは顔を曇らせた。

「おまえさんらには、隠すことでもないから話すが……」

菊之助は久松家で起こった騒ぎを、手短に話して聞かせた。

真剣な面持ちで耳を傾けていた富蔵とおきんは、話を聞き終わって心底安堵の色を浮かべた。

「それじゃ、その草間という男が捕まりさえすれば、幸吉はいつでもこの家に戻ってこられるのですね」

そういう富蔵は、はっと何かに気づいた顔になって「お茶だ。お茶だ。お茶をお出し」と、おきんにいいつけた。

「草間は今や御番所に追われる身だ。自分が手配されていることを知ったなら、江戸を離れるかもしれない。ともかく、草間の一件が片づくのを待つしかない」

「あの、会いに行くことはできませんか？」

茶を出しながらおきんが聞いた。

「二、三日待ってくれ。その間に、久松の殿様に聞いてみよう。話のわかる人だからいやだとはいわないだろう」

富蔵はおきんと顔を見合わせて、よかったなと、やっと表情をゆるめた。おそらく久しぶりに見せた安堵の笑みだったに違いない。

ひとまず富蔵とおきんを安心させた菊之助は、その足でお志津を訪ねた。戸口で声をかけると、「菊さん？　菊さんなの？」と跳ねあがった声が返ってき、慌てたような足音とともにガラリと、戸が引き開けられた。

お志津は目を瞠り、しばらく息を呑んだような顔をしていた。

「……遅くなりましたが、帰ってきました」

「心配していたんですよ」

そういったお志津の目が少し潤んだ。

「この前、明後日には帰ってくるといったくせに、その明後日はとうに過ぎているじゃありませんか」

「なかなか思うようにいかなかったものですから。でも、幸吉は無事に救いだすことができました」

それを聞くなり、お志津は「あー、よかった」と、胸の前で手を合わせた。それから慌てたように、

「こんなところで立ち話もなんです。さあ入ってください」

お志津は菊之助と幸吉の無事を殊《こと》の外《ほか》喜び、こまめに動いて熱い茶を淹れてくれた。

「それで、幸吉ちゃんはもうおきんさんの家に……」

お志津は湯気の立つ湯呑みを差しだした。

「いえ、幸吉はまだ帰ってはこられないのです」

「なぜ……？」

お志津の顔からすうっと笑みが消えた。

菊之助は富蔵とおきんに話したことをそのまま伝えた。

「それじゃ、幸吉ちゃんはいつこの長屋に……でも、その久松様はよくわかってくださいましたね」

「わかってもらえて、わたしも胸をなで下ろしました」

「それにしても、その草間という浪人はどうなるのです。捕まえられるのでしょうか？」

「あとは御番所の仕事ですが、捕まらなければ困ります」

「……そうですね」

菊之助は瞼を伏せ、湯呑みに口をつけたお志津を見た。湯呑みを持つしなやかな指が、行灯のあわい明かりを受けていた。

見惚《みと》れていると、ふとお志津と目が合った。

菊之助は慌てて視線を外して茶を飲んだ。

「ともかく今夜は、このことをお志津さんに伝えなければと思いまして」

「嬉しゅうございます。……あとは幸吉ちゃんの帰りを待つばかりですね」

「そうですね」

菊之助はもっと何かを話したかった。だが、何も思いつかなかった。ただこうしてお志津と向き合っているだけで満足だった。

「あの」

「あの……」

同じことをいって目を合わせたのは同時だった。

お志津が「どうぞ」と促した。

「話したいことはいろいろあるんですが、今夜はもう遅いので日を改めたいと思います」

「まだ、そんなに夜は更けていませんわ」

お志津は引き止めたが、菊之助は明日にでもまた来るといって腰をあげた。

だが、表に出て「馬鹿ッ」と、自分の頭をたたいた。

三

飯を食い終えた草間は、湯呑みを静かに口に運んだ。鮫ヶ橋のそばにある一膳飯屋である。格子窓の外は薄暮《はくぼ》となっている。

通りの先には徳川《とくがわ》御三家のひとつ、紀伊家の広大な屋敷がある。草間は徐々に明度を落として行く空をにらむように眺めた。

一昨日のことが悔やまれてならないが、小太郎は久松家に取り返されてしまった。

再び小太郎を攫うのは、もはや無理であろう。また、寿三郎をつけ狙うこともできないだろう。小心な寿三郎が身辺警固《けいご》にいかに腐心《ふしん》するか、それは手に取るようにわかる。

つまり、久松家にはこれ以上手出しできないということで、自分は我が身の不運を嘆くしかないということか！

まったく地団駄《じだんだ》を踏みたいというのはこのことだ。

くっと、奥歯を噛んで目をぎらつかせた草間は、拳を握りしめた。

……あの用心棒だ。

自分の計画をことごとく邪魔した、あの男。あやつだけは生かしておけぬ。

今、草間の憎悪は、ただひたすらひとりの男に向けられていた。昨日は丸一日をつぶし、いかにしてあの男を捜すかを考えた。

どうせ、その辺の浪人であろうが、江戸は広い。しかし、捜す手立ては残っている。

「ふふ……」

草間は短い笑いを漏らした。

飯を食っていた近くの客がちらりと草間を見たが、目が合うとすぐに顔をそらした。

七つ(午後四時)の鐘が空を渡っていったのは、それからすぐだった。

草間は腰をあげると、勘定をして店を出た。

そのまま鮫ヶ橋の通りを千駄ヶ谷のほうに向かって歩いた。編笠を被り、人に顔を見られないようにしていた。

遊女の松のある寂光寺を過ぎ、小川を渡ると、御焰硝蔵を右に見ながら、久松家をめざした。すっかり暮れた畦道に人の姿はなかった。

しばらく行くと、久松家の屋根が見えた。

草間は吉川《よしかわ》という旗本屋敷の練塀《ねりべい》の角で立ち止まり、久松家の勝手口を窺った。もう間もなく通いの使用人らが帰るころだ。その前に屋敷住まいの中間が遊びに行くために出てくるかもしれない。

ともかく待つしかなかった。

やがて、勝手口の戸が開き、二人の女中が揃って出てきた。草間は待った。ひとりならまだしも、二人だと取り逃がす恐れがある。ここで騒がれては困る。

それからまた小半刻待った。誰も出てこない。

空に明るい半月が浮かんでいる。月から離れた空には、星がきらめいている。二羽の鴉が夜空を渡っていった。目を勝手口に戻したとき、黒い影が現れた。

腰をかがめた小男だった。すぐに平八だとわかった。一昨日、寿三郎の馬を引いていたのはやつだったなと、草間は思いだした。

平八は屋敷表の道に向かっていった。草間はすぐに尾《つ》けはじめた。平八は久松家に永年勤めている使用人で、もう五十半ばになる。千駄ヶ谷町の裏店にひとり住まいだ。

武家地を出た平八は植木屋の前を通って、自分の住まいのある長屋に向かって行く。

草間が足を速め、平八に追いついたのは植木屋を過ぎた辺りだった。そこは町の外れで、人の通りも少なく、道の脇には藪や畑につづく小さな畦道がある。

「平八」

声に振り返った平八は、夜目を凝らすように見てきて、

「どちら様で……」

「わしだ」

編笠の庇を少しあげると、平八の口がはっと開いた。その刹那《せつな》、草間は一気に間合いを詰め平八の腹に脇差の切っ先を当てていた。

「聞きたいことがある、そっちへ」

草間は薄暗がりの畦道に誘い込んだ。

「な、何のご用で……」

「若はどうしている？」

「屋敷においでです」

「……無事に跡取りが戻ったというわけか」

草間は軽いため息をついた。

「若様は跡取りにはなりませんで……」

そういった平八の老顔に、月明かりがあたっていた。

「どういうことだ？」

「お目付様のご次男が跡取りに決まっているんでございます」

「なんだと？」

「殿はお目付役・本多重直様の世話で、再びの御書院番入りが叶うことになったようでございまして、それで本多様のご次男を養子として迎えることになっております」

「そ、それじゃ、あの若は……」

草間は口を閉じ、目を瞠り、思わず夜空を仰いだ。

自分のやったことが茶番に思えた。嫡男でもない子を自分は攫い、その子を盾に久松寿三郎を脅していたのか！

だが、寿三郎は小太郎を見つけたあかつきには、養子縁組みを調《ととの》え、嫡男にするといっていた。それゆえに、小太郎探索をつづけていたのではなかったのか。

それなのに、目付の次男を迎え入れ……。

その先のことは考えるまでもない。寿三郎は出世のために目付に養子縁組みを持ちかけたのだ。これは目付の家にとってもめでたいことである。

「だが……」

そういって、平八をにらんだ。平八は怯えたような顔をしていたが、その目のなかに一種の蔑みの色があるのを、草間は見逃さなかった。

「何でございましょう？」

この妙に落ち着いた物言いも気に入らない。

「用心棒を雇っていたが、なぜ、殿はわたしの要求に応えようとした。なぜだ？」

「それは血を分けた御子だからでしょう。それが親というものではございませんか」

当たり前といえば当たり前のことであるが、この年寄り、わしを諭すような物言いをしおって。ますます平八のことが気に入らなくなった。

「目付の次男との縁組みはいつ決まったのだ？　わしがあの屋敷を追われてからのことか？　そうなのか……」

草間は問いかけながら自らその回答を見いだしていた。

「草間様が屋敷を出られたあとで、話がトントン拍子で進むようになりまして……」

「黙れッ！」

平八は、はっと顔を強ばらせた。

「……もう、よい。そんなことはもうどうでもよい」

言葉どおり、もうどうでもいいことだった。それより今は知りたいことがあった。

「おまえは殿が雇った用心棒のことを知っているな。一昨日、わしに刃向かったあの男のことだ。名は何という？」

平八は一瞬、目を泳がせたが、

「荒金菊之助様ですか……」

「荒金、菊之助……今も屋敷にいるのか？」

平八は首を左右に振った。

「住まいを聞いているか？　……いえ、いわねばおまえを殺すことになる」

「そ、それは……あの方は町方の息のかかった人で」

「なんだと。それじゃ、殿はこの件を御番所に……」

「そうじゃございません。若様の住んでいた長屋の……」

平八はうっかり口を滑らしたという顔をした。

「荒金は小太郎の住んでいた長屋の住人というのか？　そうなのか？」

「……そう耳にしました」

「町方の息がかかっているということは、目明かしというわけか……」

「さあ、そこまで詳しくは聞いておりませんで……」

平八はぶるっと肩を震わせて「本当でございます」と言葉をついだ。

「……そうか。なるほど、何となく読めてきた。……平八」

「へっ」

平八の返事はすぐ、うめきに変わった。草間は顔色ひとつ変えず、平八の土手っ腹に脇差の切っ先を埋め込んだのである。

平八は操り人形が崩れるように、地面に倒れた。

「……馬鹿にしおって」

脇差の血糊《ちのり》をふるい落とした草間は、遠い闇の彼方を見つめた。

「……荒金菊之助」

ふふっと、低い笑いを漏らした草間は、冷たい笑みを浮かべた。

四

雨が降るのかもしれない。頰にあたってくる風もいつになくぬるく感じられた。

自宅を出た菊之助は、まず富蔵の家を訪ね、今日、久松家に行って面会が叶うかどうか聞いてくると伝えた。

富蔵とおきんは目を輝かせて、どうかお願いしますと頭を下げた。菊之助としても一日も早く、幸吉を二人のもとに戻してやりたいが、幸吉の身の安全を考えると早まったことはできなかった。それに、おきんは新たな不安を口にした。

「その旗本の屋敷に幸吉が長くいれば、お殿様も奥様も幸吉を手放したくないと思われるようになるかもしれません。幸吉だって、こんな長屋より立派な屋敷がいいと思うようになったら……」

おきんの不安はわからなくもなかったが、

「その気持ちはわかるが、殿様も奥様もちゃんと約束をしてくださっている」

「おきん、ここはじっと待つしかないだろう。菊さんにこうやって骨を折ってもらっているんだ」

富蔵はおきんを取りなした。

富蔵の家を出た菊之助は、今度はお志津の家を訪ねた。

「面会が叶うといいですね」

「話のわかる殿様だから大丈夫でしょう。うまく話をしてきますよ」

「でも、その草間とかいう元用人は捕まるんでしょうね」

「御番所の役人が目の色を変えて追っているはずです。お道の両親だって、やつが捕まらなきゃ気が治まらないでしょう」

「ほんと、早く捕まえてほしいわ」

「それじゃ、行ってきます」

菊之助が引き戸に手をかけると、

「菊さん」

お志津が声をかけてきた。

「危ないことはおよしになってくださいよ」

きらきら輝くお志津の瞳が菊之助を見つめた。

「どうかご安心を。何はともあれ、この身が一番ですから」

表に出ると、カラカラと下駄音をさせてお志津が追ってきた。

「ほんとですよ」

菊之助はわかっていると応じて長屋を出た。

いつ泣きだしてもおかしくない暗い空から、鳶《とんび》が声を降らしていた。

まるで今から雨が降るぞと告げているように聞こえた。

曇天《どんてん》にもかかわらず芝居見物客でにぎやかな二丁町《にちようまち》を抜け、親父橋《おやじ》、荒布橋《あらめ》、江戸橋と渡り、本材木町の通りに入った。

秀蔵との待ち合わせは、江戸橋からすぐの茶店である。

約束は朝五つ（午前八時）と早かったが、すでに秀蔵は先についており、串団子を頬ばりながら茶を飲んでいた。そばには五郎七と小者の甚太郎の顔もあった。

「今日は、神田をまわったその足で久松さんの屋敷に行って来る」

簡単な挨拶をしたあとで、菊之助はそう告げた。

「神田ってのは……」

「幸吉を久松家から攫った夫婦に会う。咎を受ける二人じゃないが、どうしても灸《きゆう》を据えておいてやりたいんだ。そもそもこんな騒ぎになったのは、あの二人が因《もと》だ」

「まあ、好きなようにやりな。そっちのことはまかせる。それで、人相書ができたが、これでいいか」

菊之助は秀蔵から人相書を受け取って眺めた。草間新之輔の人相書だ。

「牢にぶち込んである鎌田弥四郎の話だけじゃもの足りねえので、昨日絵師といっしょに久松家に行って作ったものだ」

「……よくできている」

人相書にはお道殺しと幸吉拐《かどわ》かしのことが書き添えられていた。菊之助はそれを懐にしまった。

「弥四郎を責めてはみたが、草間の居場所はわからねえ。こうなったら足を使い、人相書を生かすしかねえ」

「久松家への見張りはどうしている?」

「昨日から手先を屋敷に入れてある。何かあれば、連絡《つなぎ》があるはずだ。それで久松家には何をしに行く」

「富蔵とおきんが幸吉に会いたがっている。帰ってこられなきゃ、こっちから会いに行くしかないだろう。面会の伺いを立てに行くというわけだ」

「ご苦労だな」

「ともかく草間を捜すことが急がれる。江戸を出られては事だ」

それから草間探索について二、三のことを話して、菊之助は秀蔵らと別れた。相も変わらずの曇天で、町全体がくすんで見えた。

向かうのは神田佐久間町の又兵衛とお民の住む長屋である。この刻限だから又兵衛は仕事に出たあとだろうが、とにかく家を訪ねてみようと足を急がせた。雨にたたられてはかなわない。

神田鍋町《なべちょう》を過ぎると、右に折れて近道をすることにした。天気は悪いが、どこの商家も普段と変わらず仕事をしていた。

だが、いったん雨が降りだせば、暖簾や幟《のぼり》がしまわれ、軒下で雨宿りをする人の姿が見られるようになる。途中で傘を持ってくるべきだったかと思ったが、今さら遅かった。

和泉橋を渡り、神田佐久間町の町屋を抜けて又兵衛とお民の住む裏店に入った。出職《でしょく》の亭主らが出払った長屋の路地は閑散としていた。

又兵衛の家の前に立って、声をかけたが留守であった。

まさか逃げたのでは！

不吉なことがまっ先に頭に浮かび、胸を騒がせたが、

「又兵衛さんなら留守ですよ」

と、菊之助に気づいた隣の女房が声をかけてきた。

留守ということは逃げてはいないということだ。

「どこに行ったか知らないか？」

「お花ちゃんが、今朝熱を出したから、お医者に行くといってました。でも、お侍さんは何のご用で？」

女房は一本差しの菊之助を改めて眺めた。

「ちょっとした知り合いでな」

「そうですか、そろそろ帰ってくるころだと思いますけどね」

女房はそういうと、小走りで厠に飛び込んで、ばたんと戸を閉めた。菊之助は顎をさすりながら木戸口を見やり、表で待っているかと独りごちた。

五

草間はずっと菊之助を尾けていた。

菊之助を見つけたのは、長屋の木戸口に来てすぐだった。ちょうど、家の戸を閉め路地に姿を現したときだった。

これは幸先《さいさき》がよいと思わずにはいられなかった。

それでも周囲に注意の目を配ることを怠《おこた》らず、慎重に尾行しはじめた。決してこちらの気配を悟られてはならなかった。夜ならまだしも、人目の多い朝である。

菊之助はまず、小太郎を攫った家を訪ね、それから二軒隣の家に寄ってすぐに長屋を出て行った。機会があればいつでも斬る腹づもりでいたが、菊之助は人目の多い通りを歩き、本材木町の茶店に寄った。

そこで草間は目を瞠った。一目で八丁堀同心とわかる男と落ち合ったのだ。それに、先日いたもうひとりの用心棒の顔もあった。

気取られないように離れたところから様子を窺《うかが》っていたが、どんな動きをするのかわからなかった。もし、町方の同心らと行動を共にするようなら、今日一日、襲撃を見合わせなければならないと思った。

しかし、菊之助は長話をするでもなく、町方らと別れた。それも、ひとりでだ。ツキはこちらにあると、草間は思った。

どこに行くのかわからなかったが、ともかく尾行をつづけた。相手に気づかれる様子はなかったが、草間のなかに強い警戒心が芽生えた。

それは、菊之助が町方とつるんでいるのを目の当たりにしたからで、もうひとりの用心棒も町方の手先だったということが、これではっきりわかったからである。

それより問題は、町方が動いているということだった。つまり、自分が追われているということに他ならない。

草間は胸の内で悪態をついた。どうしてこんなことになってしまうのだ。久松家のために骨身を削って来たというのに、すべて裏目に出ている。

どこかで何かが狂いはじめたのだ。だが、もうそれを考えても、悔やんでも、取り返しのつかないこともわかっていた。

菊之助は神田佐久間町の裏店に入り、一軒の家を訪ねたが、すぐに表の通りに引き返してきた。

草間はそっと背を見せる恰好で、近くの茶店に入り、格子窓越しに菊之助を見張った。

空は鼠色の厚い雲で覆われており、いつ天気が崩れてもおかしくなかったが、案の定、店に入って間もなくぽつぽつと雨が降りはじめた。

雨は葦簀《よしず》をたたき、そして乾いた地面に黒い染みを作った。

菊之助はさきほどの長屋に近い表具《ひょうぐ》屋の前で待っている。雨が降りはじめたので、天水桶《てんすいおけ》の置いてある庇《ひさし》の下に避難して通りを眺めている。おそらくさきほど訪ねた長屋のものを待っているのだろう。

雨が少し強くなった。草間は店のものに草餅を頼み、茶のお代わりをした。

雨は白い糸を引くように斜線となって降りつづけた。地面は黒く塗り替えられ、庇から雨だれがこぼれるようになった。通りには水溜まりもできようとしている。

傘を持っていないものが商家の軒先に逃げ、合羽《かっぱ》を羽織って急ぎ足になるものがいたり、商売あがったりだという顔をして、恨めしげに雨空を見あげるものもいる。

通りを歩く人の数は極端に少なくなった。

雨脚は衰えることがなかった。草間の入った茶店の店先にも雨宿りをする行商人の姿があった。そして、新たに軒先に駆け込んできたものがいた。

乳飲み子を抱いた女だった。男の連れもあるから夫婦だろう。

草間はそんな二人のことなど気にも留めず、雨の作る斜線の向こうに立つ菊之助に注意の目を向けつづけた。その姿は雨でぼんやりかすんで見えた。

「この天気じゃ仕事も暇だな。仕方ねえ、顔出して、すぐに戻ってこよう」

「この子、熱が引くといいんだけど……」

「薬をもらったんだ。医者も心配することないといったじゃないか」

夫婦連れはそんな言葉を交わしていた。

何気なくその夫婦を見た草間は、一瞬息を止めて目を瞠った。

女房の抱く子供の顔をのぞき込んだ亭主に見覚えがあったからだ。

左兵衛――。

間違いなかった。奉公に来ていたお峯といっしょに久松家から逃げた男だ。しかも、小太郎を攫い、身代金を要求したあの男だ！

すると、この女房はお峯なのか！

草間は格子窓に顔を近づけ、女に目を凝らした。女は背を向けていたが、店の暖簾に目をやり、

「少し休んでいきますか」

と、横顔を見せた。

やはり、お峯だった！

草間は何という運命の巡り合わせなのだと、心中で叫んだ。

「早く家に帰って、お花を横にしたほうがいいだろう。それに家はすぐそこだ。傘を取って戻ってこよう」

「そうね、この様子じゃやみそうにないし……」

じゃあ、行ってくるといって左兵衛は雨のなかに駆けだして行った。

草間は雨にけぶって見えなくなる左兵衛を見送ったあとで、お峯の後ろ姿に視線を注いだ。

こんなところで、この二人に会うとは思いもしなかった。よりによって人を斬ろうという前に。しかし、この二人のことは放っておけない。もとはといえば、この二人があの小太郎を攫ってから、自分の人生の歯車が狂いはじめたのだ。血眼になって捜しに捜しまわり、ついに見つけ出すことのできなかった男と女だ。

こいつらを許すことはできない。いらぬ面倒を起こし、久松家に散々の苦しみを与え、自分を悩ませた男と女だ。

荒金菊之助を斬る前に、こやつらも斬らねばならぬ。

草間は腹を決めると、店の小女に勘定を払い、左兵衛が戻ってくるのを待った。

雨は弱くなるどころか、一層強くなった。すっかり空を覆《おお》い尽くした雲のせいで、町は夕暮れの暗さになっていた。

草間は大小をつかむと、左兵衛の去ったほうに目をやり、ついで菊之助が雨宿りしているところにも目を向けた。人の姿がぼんやり見えるだけで、それが菊之助かどうか、わからなくなっていた。

その代わりに、傘を差し尻端折《しりっぱしょ》りをして駆け戻ってくる左兵衛の姿が見えた。

草間は眉間にしわを刻むと、大小を腰に差して立ちあがった。

菊之助が雨のなかを駆け戻ってくる又兵衛に気づいたのは、草間が茶店の勘定をすませるころだった。

雨宿りをしていた菊之助は又兵衛を見ると、すぐに声をかけた。

「又兵衛」

立ち止まった又兵衛は、肩で息をしながら菊之助を振り向いた。

「これは、荒金さん」

「医者に行っていたそうだな。お花とお民はどうした?」

「すぐそこで雨宿りをしております。今、傘を取りに戻るところで……」

「それなら早く行ってこい。話があるからここで待っていよう」

菊之助は厳しい顔でそういった。

やがて又兵衛は長屋に走り込んで傘を持って、来た道を戻っていった。

菊之助はその後ろ姿をじっと目で追った。雨脚が幾分弱まっていた。

又兵衛が半町ほど先にある茶店の軒先に駆けて行き、そこで待っていたお民に傘を渡すのが、ぼんやりではあるが見えた。

やがてお民の差す傘がぱっと開き、通りに現れた。

その姿が徐々に明瞭になってくる。又兵衛は子供をおぶったお民を庇うように歩いていた。水溜まりがあると、注意を促してもいる。

人通りはすっかり少なくなっているが、それでもまだ時刻は昼前である。使いに走る商家の丁稚《でっち》や行商人の姿があった。

菊之助は二人を待ちながら、いってやるべきことを頭のなかで整理しはじめた。

そのとき、又兵衛とお民が雨宿りをしていた茶店から、編笠を被ったひとりの男が出てきた。

菊之助は気にも留めなかったが、やってくる若い夫婦を見ているうちに、その編笠の男は足を速め、ついで編笠を脱いで地面に落とした。

おかしい。そう思った菊之助は雨のなかに足を踏み出した。と、男の足がさらに速くなった。そのとき、菊之助は遠目ではあったが、その男の顔を見た。

草間新之輔！

菊之助は危険を察知するや、鯉口《こいぐち》を切り駆けだしていた。又兵衛とお民は久松家の嫡男を攫い、金を脅し取ろうとした夫婦だ。そして、そのときの用人が草間だった。草間の狙いは考えるまでもなかった。

草間が刀を抜いた。雨のなかで、その刀身が鈍く光った。

「又兵衛、お民、逃げるんだ！」

とっさに叫んだが、二人は不意のことに驚いた顔を向けただけだった。

「後ろだ！　斬られるぞ！」

草間の足が地を蹴っていた。刀が上段に振りかぶられた。

驚いた又兵衛が背後を振り返った。そこへ草間の刀が振り下ろされたが、又兵衛は傘を突き出す恰好で水溜まりに尻餅をついた。

「ひぇえー」

又兵衛は悲鳴をあげはしたが、草間は傘を斬ったにすぎなかった。

刀を抜き放った菊之助が両者の間に飛び込んだのはそのときだった。

「草間新之輔、卑怯《ひきょう》なことをしやがる」

「またもや貴様か」

又兵衛を斬り損ねた草間は、雨に濡れた総身《そうみ》に殺気をみなぎらせ、炯々《けいけい》とした双眸《そうぼう》を菊之助に向けた。

通行人が雨のなかで刀を向け合う二人を見て逃げて行った。

菊之助はじっとり雨を吸った雪駄《せった》を脱いで、後ろに撥ね飛ばした。腰を落とし、爛《らん》と輝く鷹の目になって草間の隙を窺う。冷たい雨が頰を流れた。

「今日は決着をつけてやる」

草間が歯の隙間から声を漏らした。

菊之助は青眼に構えたまま左に廻った。草間の剣先がそれを追ってくる。

さらに菊之助は左に廻る。足が水溜まりにつかり、小さな音を立てたが、かまっている場合ではない。静かにその足を水溜まりから出した。

降りしきる雨が両者の髪を濡らし、しずくとなって頰をつたい顎から落ちた。

草間はなかなか打ちかかってこなかった。

柄巻《つかま》きがじわじわと雨を吸っているのが、手の感触でわかる。菊之助は動くのをやめた。草間もそこで止まった。

濡れた地面を、じりっと、足の指がつかむ。

半寸、間合いを詰め、さらにもう半寸詰めた。

菊之助は草間の草鞋履きの足に注意を向けた。水を吸った草鞋は滑りやすい。

激しく動けば、滑るか、鼻緒《はなお》が切れる、あるいは脱げるはずだ。

菊之助は間合いを保ったまま横に動いた。草間が釣られて追ってくる。今度は逆に動いて、打ちかかる素振りを見せ、すぐに引いた。

一瞬、草間が斬撃を送り込もうとしたが、半身を引いた菊之助を見て体勢を戻した。そのときだった。菊之助は草間の胴を抜きにいった。

びゅんと刀がうなり、雨を断ち切った。

草間は俊敏にそれをかわし、返す刀で菊之助の片腕を落とすように、振り抜いてきた。菊之助はかろうじてかわして横に動いた。

ここで臆してはならなかった。

菊之助はぐっと奥歯に力を入れ、ぎらりと目を光らせた。さっと、短く鋭い突きを送り込んだ。草間はそれに合わせて、わずかに下がった。

待ち望んでいたことはそのとき訪れた。後ろに体重をのせて下がった草間の、左足の草鞋が奇妙にねじれたのだ。そして、それは軸足であった。

菊之助は俊敏に前に飛びながら、刀を下からすくいあげていた。振り切った刀にはたしかな手応えがあった。

「うっ」

草間は悲鳴を押し殺し、小さくうめいたにすぎない。だが、その右腕から血がしたたり落ちていた。草間は刀を持つことができず、左手一本に持ちかえたが、菊之助のつぎの一太刀を避けることはできなかった。

その太刀は、草間の左太股をざっくり斬っていた。致命傷ではないが、草間はとても立っていることができず、そのまま膝折れとなって、刀を杖代わりにして菊之助をにらんできた。

「……殺せ、生殺《なまごろ》しなど卑怯《ひきょう》だぞ。殺しやがれッ」

「殺しはおれの性分でない」

「……うう っ」

菊之助は刀にふるいをかけて鞘に納めると、

「又兵衛、番屋に走れ」

顔色をなくしていた又兵衛にいいつけると、下げ緒で草間を後ろ手に縛りあげた。

六

雨はやんでいた。

今は雲の隙間から帯状の明るい光の束が地上に射していた。

神田佐久間町の番屋から、手に薬箱を提げたひとりの老人が出てきた。菊之助が番屋詰めの町役に頼んで呼んだ町医だった。

「先生、ご苦労様でした」

菊之助は丁寧に頭を下げた。

「ああ、もう心配はいらぬよ。傷はいずれ癒《い》えるだろうが、役人らの懲らしめにあえばきついだろうな。ほう、やっと雨があがったか……」

医者は空を見あげ、のんきなことをいって帰っていった。

連絡を受けた秀蔵が、五郎七と小者の甚太郎を連れて現れたのは、それからすぐだった。

秀蔵は番屋の表で待っていた菊之助の顔を見ると、にやりと片頰に会心《かいしん》の笑みを浮かべ、近づいてきた。

「菊之助、お手柄だ。よくやってくれた」

「やることをやったまでだ」

「相変わらず減らず口をたたきやがる。だが、まあいい。あの野郎、もうひとつ殺しをやってやがった」

「なんだと」

「久松家にいた平八という使用人だ」

「なに……」

菊之助は平八のしわ深い老顔を瞼の裏に浮かべた。

「昨夜、腹を刺され血だらけになっていたのを町の者に見つけられたのだが、助からなかった。しかし、介抱を受ける床のなかで草間に刺されたことを口にしていた。それから、草間の野郎がおまえを狙っているらしいことも……」

「なるほど……そういうことだったのか」

菊之助は番屋を振り返った。

「やつは、ここだな」

秀蔵はそういって、番屋に入っていった。

五郎七が菊之助に目を合わせてきて、

「荒金さん、やりましたね」

と、嬉しそうに笑ったが、菊之助は無言で応じただけだった。

やがて、草間は秀蔵らに連れられて番屋を出て行った。草間は菊之助と目を合わせようとしなかった。ただ、口を固く引き結び、下を向いたまま足を引きずっていた。

しばらく行ったところで秀蔵が振り返って、

「菊之助、近いうちにうまい酒を飲ましてやる。待っておれ」

菊之助はこれにも黙って応じた。

秀蔵らの姿が町屋の角に切れ込んで見えなくなると、やっと菊之助は濡れた地面を歩きだした。

道のあちこちにできた水溜まりが、射してきた日の光をまぶしく弾いていた。

又兵衛とお民はおとなしく家で待っていた。

「お花の具合はどうだ?」

「薬を飲んで寝たところです」

又兵衛が答えるのに、菊之助は身を乗りだして、可愛い寝顔をのぞき込んだ。

それから厳しい表情に戻り、又兵衛とお民を見た。

又兵衛とお民も臆した面持ちで、遠慮がちに菊之助を見返した。

表で子供たちのはしゃぎ声がしていた。

「今度の騒ぎがなぜ起きたか、わかっているだろうな」

又兵衛とお民はゆっくりうなずいて視線を下げた。

「すべてはおまえたち二人が起こしたことだ。草間があなったのも、おまえたちの犯した過ちにあるのだろう。小太郎こと幸吉にしてもしかり」

若い夫婦は揃ったように唇を噛み、申し訳なさそうに下を向いた。

「……あれこれいってもしようがないが、これからどうするつもりだ」

まず、お民の顔があがり、ついで又兵衛も顔をあげた。二人とも当惑顔だった。

「ここで暮らすのか？　それともどこかに移るつもりがあるのか？」

「あの、それは……」

お民だった。

「なんだ？」

「わたしはここにいたいと思います」

「……そうか。又兵衛、おまえは？」

「は、わたしもよそに移る気はありません。この子がおりますから……」

又兵衛は寝息を立てているお花を見た。

「そうか……」

菊之助は上がり框に腰をおろしたまま腕を組んで、しばらく黙り込んだ。重苦しい空気が流れた。しばらくして、菊之助は口を開いた。

「ともかく、おまえたちは、これまでの不行跡《ふぎょうせき》と背徳《はいとく》を省《かえり》みることだ」

「ははあ……」

又兵衛が声を漏らした。

「しかしながら、いつまでも過去に縛られていてはしようがない。これから先のことを考え、今を大切に生きることを忘れてはならない。おれはそう思う。もうおまえたちは人の親だ。可愛いお花のためにも、二度と同じ過《あやま》ちを犯すことなく生きるべきだろう」

「あ、ありがとうございます」

お民の目から大粒の涙がこぼれた。

「荒金様、ありがとう存じます。ありがとう存じます。あっしは心を入れ替えて、真面目にしっかり働くつもりでございます」

又兵衛は両手をついて頭を下げた。畳に、ぽつんと光るものが落ちた。菊之助は冷めた目で、又兵衛とお民を見つめた。

「……今の気持ちを忘れるな」

菊之助は立ちあがった。二人は頭を下げたままだ。

だが、引き戸に手をかけた菊之助は、もう一度二人を振り返った。

「又兵衛、お民。今度会ったときは笑顔でいたいものだ」

さっと、二人の顔があがった。それから同時にその顔がゆがんだと思うや、新たな涙が頬を濡らした。

表に出た菊之助は、大きく息を吐き出してゆっくり歩《ほ》を進めた。

「さて、もう一仕事だ……」

通りに出ると、腰をたたいてつぶやいた。


それから一刻半（約三時間）後――。

菊之助の案内を受ける町駕籠が、源助店に近い高砂橋の前に着いた。

「ここでいい」

菊之助は駕籠かきにそういって、駕籠をおろさせた。

「幸吉、着いたぞ。おまえの家だ」

簾《すだれ》をめくって、すぐに幸吉が駕籠から降り立った。

これまで着ていたのではなく、新たに誂《あつら》えられた上等の着物を着ていた。もちろん久松家が作ってくれたのだ。

幸吉は一瞬、惚《ほう》けたような顔で夕焼けの空を見、そして菊之助を見あげた。

「おじちゃん、うちに着いたんだね」

「そうだ、おまえの家だ」

そういってやると、幸吉の顔がにわかにほころんだ。

「さあ、帰るか」

「うん」

力強くうなずいた幸吉は菊之助の手を握ってきた。

駕籠を帰した二人は、源助店に入っていった。

まっ先に二人に気づいたのは、長屋一の噂好きのおつねだった。戸口を出たところで、二人に気づき、目を見開き、口をぽかんと開け、姉さん被りにしていた手拭いを取った。

「ありゃりゃりゃ……幸吉じゃないのさ。無事だったんだね」

そう叫ぶようにいうと、下駄音をさせて駆け、

「みんな、幸吉が帰ってきたよ。幸吉が帰ってきたよ！」

その声で、あちこちの戸が開き、「ほんとだ。幸吉だ」という声が重なった。

やがて、幸吉の家が近づいた。お志津も表に姿を現していた。そして幸吉の母・おきんの姿があった。

さらに、そのうしろに富蔵までも。おそらく幸吉との面会が叶うかどうか気になって、店を休んでいたのだろう。

おきんと富蔵は、しばらく刻が止まったように固まっていたが、

「ちゃん！　かあちゃん！」

という、長屋中に響く幸吉の元気な声で、駆けだしてきた。幸吉も菊之助の手を振り払って駆けだした。

「ちゃん、ちゃん！　かあちゃん、かあちゃん！」

幸吉は富蔵の胸のなかに飛び込んだ。それをおきんが後ろから抱きしめ、嬉しそうに頬ずりをした。

誰もがこの光景を心待ちにしていたのだろう。みんなに知らせに走ったおつねは、顔をくしゃくしゃにして泣いていた。他の者も笑顔になって三人の親子をやさしく見守っていた。

菊之助はお志津を見た。お志津も見返してきた。

「菊さん、ご苦労様でした」

「うまくいってよかったです」

「菊さんのお陰ですわ」

いやいや、と首を振って菊之助は照れた。長屋の上に広がる空は、きれいな夕焼けになっていた。

七

「菊さん、おいら申し訳ないことをしやした」

夕靄《ゆうもや》が漂うころ訪ねてきた次郎が、神妙な顔でそんなことをいった。

「何をしたというんだ？」

「じつは、菊さんに口止めされていたことをついしゃべっちまって……」

「誰に？」

菊之助は目を丸くした。

「その、お志津さんなんですけど、何でも知っているようなことをいわれ、それで、お志津さんなら話してもいいのかもしれないと思って……すいません」

次郎は何度も頭を下げた。

「いつのことだ？」

「へえ、菊さんがお志津さんに帰ってくるといって、帰ってこなかった日です。あの人、ずいぶん菊さんのことを心配していて……その、気の毒なくらいだったので……」

「気の毒なくらい……」

「へえ」

「そんなに心配していたというのか？」

「へえ」

次郎は申し訳なさそうに頭を下げていたが、菊之助はそれを聞いて嬉しくて仕方がなかった。

「次郎、いいだろう。そんな顔を見られまいと視線を外し、お志津さんには、おれもそれとなく話していたんだ」

「へっ？」

次郎の顔があがった。

「それじゃ、許してもらえるんですか？」

「今度だけだ。だが、つぎはないぞ。わかったな」

「へえへえ、そりゃもう。絶対に菊さんを裏切るようなことはしません。ほんとですよ、ほんと。菊さん、おいらを信じてくれますね」

「うるさくいうな。それより……」

菊之助は財布から小粒二枚を取りだして、次郎に渡した。じつはもっと渡してもよかった。何しろ久松家から今回の件で、六十両という大金をもらっていたのだ。しかし、次郎はまだ若い。分不相応の金を渡してはかえってためにならないと思ってのことだ。

しかし、思わぬ金を受け取った次郎は、声もなく信じられないような目をしていた。

「今回の手間賃だ。おまえがいて助かったと、そう秀蔵がいっていた」

「へッ。それじゃ、横山の旦那からのご褒美《ほうび》で……」

そう思わせておくほうがいいと菊之助は判断していた。

「ありがたく取っておけ。だが、このことは秀蔵には何もいうな。あいつのお役目もあるし、あれはなかなかの照れ屋だ。会っても黙っておけ」

「それでいいんですか……？」

「それでいい。何もいうな。さあ、おれは溜まった仕事がある。たまにはうまい飯でも食いに行ったらどうだ」

次郎は相好《そうごう》を崩し、本当は菊之助と飯を食いたいが、仕事があるんじゃ仕方ないですねと、現金なことをいって出て行った。


翌日の昼下がりのことだった――。

いつもの暮らしに戻った菊之助が、いつものように包丁研ぎに精を出していると、

「菊さん」

と、声がかけられ、腰高障子にお志津の影が映った。

急いで開けたのはいうまでもない。

「一息つけるようでしたら、おやつを召しあがりにいらっしゃいませんか。もう子供たちも帰りましたし……」

「それじゃ、呼ばれましょうか」

菊之助は前掛けを外しながら応じた。

「戴《いただ》きもののおまんじゅうがあるんです」

「ちょうど甘いものを食いたいと思っていたところだから、ありがたい」

菊之助はいそいそと家を出て、お志津の家に入った。

手習いが終わったばかりのはずなのに、家はきちんと片づいていた。

菊之助は日当たりのよい縁側に腰を据え、澄み渡った秋空を眺めながら、お茶とまんじゅうの支度をするお志津を待った。

「おまんじゅうもそうですが、このお茶もおいしいはずです。どうぞ」

差し出された茶に口をつけた。

「ほんとだ。これはうまい」

茶は濃い色をしていたが、味わい深いものがあった。

「どうぞ、ご遠慮なさらず」

「それじゃ」

菊之助はまんじゅうにも口をつけた。

本当は甘党ではないから好んで食べないが、お志津の出すものだったら別である。たっぷり餡《あん》の入ったまんじゅうはほくほくしており、適度の甘さだった。秀蔵だったら涎《よだれ》を垂らすのではないかと、ちらりと頭の隅で考えていると、

「菊さん、いつだったかこんなことをいわれましたよね」

「何でしょう？」

お志津は照れたように、視線を外した。

「何か目的があるかと聞かれました」

「はあ……」

「それから独り身を通すのかと」

菊之助は黙ってまんじゅうを齧《かじ》り、茶を飲んだ。

「菊さんはいずれ妻帯したいといわれました。そして、自分の思いに応えてくれる人がいたなら、その人のために生きようと思っていると……」

「……」

お志津の澄んだ瞳が、まっすぐ菊之助に向けられた。

「そんな人がいらっしゃるのね」

「はあ、まあ」

突然のことに、菊之助はどぎまぎした。

「わたしの知っている人かしら？」

お志津の目はあくまでも真摯《しんし》だ。

「いいえ、きっとわたしがよく知っている人だと思います。そうですよね」

お志津は菊之助の目をとらえて離そうとしなかった。菊之助もそらすことができなかった。もうお志津が何をいいたいのかよくわかっていた。

「……そうなのですね」

「そうです」

菊之助は神妙に答えた。

すると、お志津の顔にやわらかな笑みが広がった。

「それじゃ、その人のために生きてくださるのですね」

「はい」

気持ちよく返事をすると、お志津はさっと背中を見せて「……よかった」と、ぽつりとつぶやいた。菊之助はかあっと胸を熱くしていた。全身が火照《ほて》り、顔中から汗が噴き出しそうだった。

やがて、お志津は嬉しさを隠しきれない顔で振り返った。

「菊さん、わたしもいっしょにいただきますわ」

「ええ食べましょう」

お志津はまんじゅうを可愛く齧った。

「あの、このおまんじゅうは、恋まんじゅうというそうなの」

「恋まんじゅう……いい名です。そうか、恋まんじゅうか……」

菊之助は満面に笑みをたたえ、まんじゅうにかぶりついた。

お志津が小さく笑った。

何ともいえぬ幸福感に浸れる秋の午後だった。

二〇〇七年四月　光文社文庫刊

光文社文庫

長編時代小説
うらぶれ侍《ざむらい》　研《と》ぎ師《し》人情《にんじょう》始末《しまつ》㈣　決定版
著者　稲《いな》葉《ば》　稔《みのる》

2020年4月20日　初版1刷発行

発行者　鈴木広和
印刷　堀内印刷
製本　フォーネット社

発行所　株式会社　光文社
〒112-8011　東京都文京区音羽1-16-6
電話　(03)5395-8149　編集部
8116　書籍販売部
8125　業務部

ISBN978-4-334-79010-3　Printed in Japan

組版　萩原印刷